대수정다리·오리배

정인교

名金堂

차 례

대수정다리 · 7

청색집 · 39

바다이야기 · 81

오리배 · 103

도쿄 그리스 · 133

박스생활 · 175

AI 작품해설 · 209

대수정다리

무너지고 있는 저 다리, 내 고향, 꿈과 희망, 절망과 불안을 키웠던 나의 요람 대수정다리—

늦은 밤 어디서든 택시를 잡으면 "대수정다리로 가주세요." 하고 부모님은 말했다. 택시는 삼원초에서 공설시장으로 지나는 어두운 찻길을 지나 부민약국 앞에서 신호를 기다렸고, 초록불로 바뀌는 순간 완만한 곡선을 그리며 대수정다리 앞에서 섰다. 어머니와 아버지, 동생들과 내리면 오래된 콘크리트 다리 그곳이 대수정다리이자 우리들의 터전이 있는 곳 명금당이었다. 왜 이름이 대수정다리인지 모르겠다. '대수정'이란 이름을 따서 대수정약국도 있었고 대수정식당도 있었다.

할머니는 대수정다리 위의 한 상가를 40년도 더 전에 매입하셨고, 만둣가게에 세를 줬다가 86년 7월 우리 부모님에게 금은방 가게를 차려주셨다. "여기는 다리 위 집이지만 무얼 하든 잘 먹고 살아 보거라." 부모님은 1층에서 장사를 시작했고 2층에선 귀금속 공장을 운영했다. 시다, 꼬붕이, 나카마 같은 말들이 익숙하게 들린 80년대, 90년대 초까지 2층은 공장으로 운영했지만 둘째가 태어나면서 공장을 빼고 가정집 살림을 차렸다. 그리고 우리는 대수정다리 명금당 2층에서 줄곧 살았다.

그 시절 충주는 번성했다. 시의 자랑인 카세트 테이프를 만드는 새한 미디어가 있었고 농업 도시 충주를 번영에 이르게 한 비료 공장도 건재했다. 거리에는 젊은 사람들, 어르신들, 멋쟁이들, 아이들, 날라리들, 제비들, 할머니, 할아버지들이 다른 큰 도시와 다름없이 많았고 대수정다리는 행인들로 언제나 붐볐다. 나는 대수정다리에서 화단의 빨간꽃을 뜯어 꿀을 빨아 먹기도 하고, 아저씨가 버린 담배꽁초를 피워보고, 우산을 쓰고 태풍 바람에 발이 번쩍 뜨이며 어린 시절을 보냈다. 다리 위에는 늘 아버지의 오토바이가 한가운데에 서 있었다. 가게를 열면 오토바이가 제일 먼저 나가 다리 중앙을 차지했고 가게가 닫히면 오토바이가 제일 먼저 명금당 안으로 들어갔다. 나는 시동이

꺼진 아버지의 오토바이 위에서 부르릉 소리를 내며 지나가는 차를 구경하기도 했다. 그 당시에는 대수정다리를 모르는 사람이 없었다. 어떻게 된 일인지 대수정다리라고 하면 충주 사람 누구나 알았다. 나는 친구들에게는 시내에 사는 친구이기도 했다. 그때까지만 해도 대수정다리는 충주의 중심가였다.

어느덧 막내가 태어나 우리는 삼형제가 됐다. 막내를 가졌을 때 부모님은 여자 동생이 태어날 거라며 좋아하셨다. 초음파 검사 결과 결국 남자아이란 걸 알았을 때 별 대수롭지 않게 받아들이셨다. 막내도 돌아다닐 정도가 됐을 때 우리는 줄줄이 비엔나처럼 삼형제가 언제나 함께였다. 명금당 2층은 조용할 날이 없었고 네 평 남짓한 방에서 우리는 매일 투닥거렸다. 보통은 나이 많은 내가 동생들을 혼내는 날이 많았다.

대수정다리에 버스 혹은 덤프트럭이 지나면 대수정다리도 같이 울렁였다. 그것들이 '퉁퉁' 하고 다리에 들어서 지면을 울리면 아버지와 어머니, 우리 삼형제도 피아노 건반처럼 조르륵 울리면서 무거운 비단 이불을 덮고 그렇게 잠이 들었다. 항상 밖에서 유지되던 거리의 소음은 없는 것이 무엇인지 모르던 나로서는 항상 그래야만 하는 줄 알았다. 취객과 단란주점, 자동차와 공사장 덤프트럭의 경적 소리.

97년도에 IMF가 터졌고 98월드컵에 프랑스가 우승했다. 새천년에 모든 컴퓨터가 고장 나 은행 전산망이 마비될 거란 뉴스가 보도됐다. 막상 찾아온 새천년은 축제 분위기였고 컴퓨터 문제는 없었고 명금당에서 텔레비전으로 외국의 새천년 행사를 지켜보던 나는 화려한 색상의 퍼레이드 옷을 입은 서양 누나들의 춤사위를 생경한 눈으로 구경했다. 그 누나들 지금 잘 살고 계실까.

 장마 때 대수정다리 아래 하천이 다리 밑까지 물이 불어난 적도 있었다. 명금당 1층에서 2층으로 오르는 계단은 시멘트였는데 거기까지 물이 넘어오기도 했다. 태풍이 몰아치던 어떤 날에는 명금당에도 물이 차올라서 빗자루로 쓸어내야 했다. 나가보면 다른 집 아저씨 아주머니들도 물을 쓸어내고 계셨다. 하지만 그런 날은 그때 한 번뿐이었다. 어른들이 입을 모아 하시는 말. "충주에는 큰 천재지변이 없단다."

 우리는 근처 할머니 집에서 살기도 했었다. 5분 거리의 할머니 집은 단을 내려가야 있는 옛 부엌과 단을 올라가야 있는 옛 다락방의 전형적인 옛날 가옥이었다. 다락방에 올라가면 춥고 음습하고 어두워 귀신이 나올 것만 같았다. 거기에는 제사 지내는 데 쓰이는 제사상과 제사 그릇, 오래된 배와 감귤, 모과, 병풍 등이 놓여 있었다. 할머니는 과일을 꼭 냉장고가 아닌 다락방 소쿠리에 두셨는데 거기에서 사과나 참외를 꺼내 할머니와 함께 먹었다. 할머니 방 한편에는 할아버지의 초상이 걸려 있었다. 한 번도 할아버지를 뵌 적은 없었다. 내가 태어났을 때는 이미 돌아가셨고 나는 전설처럼 사람들의 입을 통해서 할아버지에 대해 듣곤 했다. 할아버지는 충주 멋쟁이셨다고. 나는 언제나 할아버지가 있는 사람이고 싶었다. 내가 무언가를 모르고 어떻게 해야 할지 모를 때 대답해 줄 사람이 필요했다. 하지만 그런 적은 없었다.

할머니 집에 살면서 아버지 친구들이 가끔 놀러 와 소주를 드시곤 했다. 나에게 소주 한 잔 먹였던 기억이 있다. 금방 해롱해롱해지고 세상이 빙글빙글 돌았다. 아버지는 친구들과 술을 드시면 반은 싸웠다. 아버지는 정말 자주 싸웠다. 아버지는 싸움에 소질 있으셨다. 주먹다짐이 아닌 그냥 소리 지르고 윽박지르고 언성 높이고 옷을 찢고 자기주장을 하는데 소질 있으셨다. 보통 사람보다 풍채가 크고 덩치도 큰 아버지에게 반항할 수 있는 사람은 몇 없었다. 반항하는 아저씨 한 분을 기억하는데 도둑 잡는 경찰이셨다. 그 아저씨도 곧 상의가 찢어지셨다.

할머니 집에서 그리 오래 살지는 못했다. 할머니 집에 들어갔다 나왔다를 반복했지만 우리 집은 결국 대수정다리

위 명금당이었다. 아버지는 우리가 떠나 마음이 횅할 할머니를 위해 과자나 먹을거리를 봉투 한가득 잔뜩 사서 대문에 걸어 놓고 가시곤 했다. 오토바이 뒤에는 언제나 내가 타고 있었고. 그런 일은 언제나 산타클로스의 일처럼 밤에 이뤄졌다.

삼형제가 크면서 부모님은 명금당 2층 부엌에서 주무셨다. 싱크대 아래 머리를 두고 냉장고 옆에 다리를 두고. 우리 집은 화장실이랄 것도 없었고 광이라고 할 수 있는 욕실에서 온 가족이 돌아가면서 목욕을 했다. 어머니가 씻을 때는 아무도 나올 수 없다는 법칙이 있었다. 밤에 우리 중 누군가 볼일을 보고 싶을 때는 조용히 방문을 열고 부모님을 넘어 욕실의 요강으로 가야 했다. 나중에는 요강이 방으로 들어오게 됐다. 막내는 아침을 먹을 때마다 화장실이 급하다고 해서 매일 혼났는데, 매일 울고 혼나면서도 그 습관을 고치질 못했다. 어쩌면 제일 건강했던 걸 수도 있겠다.

아주 멋진 기억이 하나 있다. 온 가족이 날짜가 지난 진라면 순한 맛을 끓여 먹은 적이다. 유통기한 지난 진라면에선 어묵탕 같은 맛이 나서 아주 맛있었다. 우리는 옹기종기 단상에, 의자에, 한 평 마루에 앉아 라면을 나눠 먹었다. 나중에 몇 번 그것을 시도했지만 그런 맛이 나지 않았다.

아버지께 매를 맞을 때도 명금당이었고 다 같이 게임할

때도 명금당이었다. 아버지는 신문물 특히 전자기기들을 친구들보다 먼저 사주셨다. 당시 200만 원을 호가하던 386 컴퓨터, 비슷한 것이라곤 찾아볼 수 없는 플레이스테이션 1, 각종 게임 CD들까지. 우리 집은 친구들에게 늘 인기 만점이었다. 우리 집 외에는 어디서도 보기 힘든 게임들이 있었으며 개구쟁이 같은 아버지도 계셨다. 심지어 내가 잠에서 깨면 텔레비전 중심으로 둘러앉아 있는 친구들을 보기도 했다. 친구들이 "인교야~" 자고 있는 나를 깨우는 일요일도 많았다. 그렇게 예닐곱씩 명금당에 앉아 두 사람씩 조이스틱을 돌아가며 게임을 했다. 나는 친구들에게 게임을 시키고 컴퓨터에 앉아 또 다른 게임을 하곤 했다.

"누가 여기서 싸움 제일 잘해!" 아버지는 그중 주먹 좀 쓴다는 초등학생 몇몇을 불러와 나와 같이 앉혔다. "인교가 무슨 일이 있으면 도와줘야 해, 안 해야 해." "도와줘야죠." 나는 감히 학교 짱에게 그런 말을 듣는 것이 머쓱했다. 제일 힘 센 친구이면 그 아이 마음대로 하는 거지 나를 돕는 거나 하는 게 아녔다. 그리고 나는 학교 다니면서 싸울 일이 별로 없었다. 이상하게 싸울 일이 없었다. 그게 내 특징 중 하나였다.

제일 친한 친구들이 오면 아버지는 명금당 소파 저 멀리에 앉아 방석을 배에 두고 앉으라고 했다. 아버지는 본인이 개발한 아마존 식 독침봉을 불어서(독은 없었다) 바늘을 쏴 방석 중앙을 맞췄다. 침이 쏙 하고 방석에 들어갔다. 친구들은 친구 아버지가 보이는 이것을 두고 뭐라 표현할 수 없는 멋쩍은 웃음을 보였다. 그러면 아버지는 방석을 세워 두고 나오라고 했고 자체 개발한 쇠구슬 새총을 주욱 당겨 방석을 맞췄다. 방석이 굴러떨어졌다. 친구는 방석과 쇠구슬을 주워 제자리에 뒀다. "오-"

명금당은 바람 잘 날이 없었다. 나는 어렸을 적 그 시멘트 계단에 자주 앉아 있었다. 거기서 문 너머로 부모님이 하는 얘기를 엿들었다. 또 싸우는지 아니면 지금은 잠깐 있는 화기애애한 날인지. 2층에 있다가도 무슨 소리가 들리는 것 같으면 계단으로 뛰어 내려가 그 소리를 확인했다. 가슴이 쿵쾅거렸다. 분명 싸우는 소리였다. 1층 문 바로 뒤까지 살금살금 기어가 들으면 부모님은 웃고 계셨다. 크게 웃고 꺼이꺼이 웃는 소리. 어쩔 땐 아무 소리도 나지 않았다. 나는 그만큼 노이로제에 있었다.

영화관과 현대 타운이 있는 성서동은 충주 중심 상가 단지였다. 대수정다리에선 5분 거리로 대수정다리는 그곳으로 가는 길목이었다. 그곳에는 충주의 모든 브랜드 옷 가게와 피시방과 최신 트렌드, 오락실 등이 총집합해 있었다. 서양식 레스토랑과 피자집도 있었고, 롯데리아가 처음 생긴 곳이기도 하다. 롯데리아 오픈 날은 아직도 기억난다. 유니폼 모자를 쓴 어여쁜 누나들이 붉은색 매대에 서 있고 거기서 주문을 받는다. 조명도 어딘가 삐까뻔쩍 세련됐으며 충주 촌뜨기 모두가 롯데리아에 모여 장사진을 이뤘다. 우리 가족은 싸우지 않는 날에 시내 거리를 돌아다녔다. 부산 통닭에서 양념 통닭을 먹은 적이 많았다. "야, 저기. 정인교 여자 친구 지나간다." 아버지는 나를 놀리기도 하셨고 나는 또 그걸 진지하게 받아들여 "아니에요!" 성을 내기도 했다.

내가 처음 사드린 아버지 생일 선물은 담배였다. 매일 담배를 피우고 담배 심부름을 시키니 어린 나로서는 아버지가 제일 좋아하는 것이라 생각했다. 슈퍼에선 어린 내가 담배를 살 수 없다는 걸 알아서 시내 성서동에 있는 담배 자판기에서 제일 선물 같이 생긴 꽃 그림이 있는 담배를 사서 아버지께 드렸다. 아버지는 웃으시며 흡족해하셨다.

나는 동생들을 데리고 나가 이상한 놀이를 하기도 했다. 대수정다리 옆에는 조흥은행이 있었는데 나는 동생들과 그곳 화단으로 가 숨기 놀이를 했다. "이렇게 하면 우리는 사람들을 볼 수 있는데, 사람들은 우리를 보지 못해." 우리는 야생 동물을 사냥하는 사냥꾼처럼 숨는 그 놀이를 좋아해 꽤 자주 했다. 지나가는 사람들에게 입총을 쏘면서 "픽!"

그분들이 화단으로 고개를 돌리면 "숨어!"

명금당 맞은편 대수정다리 안쪽으로는 공설시장이 있었다. 현재는 무학 시장이라고도 한다. 시장에는 시래기 순댓국을 파는 순댓국 거리가 있었고 각종 어물전과 떡 등을 파는 전형적인 전통 시장이었다. 아버지는 순댓국 심부름을 시켜서 "제일 왼쪽에 있는 집에서 사 와." 가끔 혼자 그곳에 가기도 했다. 나는 타고난 심부름꾼이었다. 정육점에 가기도 약국에 가기도 했다. 한번 정육점에서 고기를 사 왔을 때는 "한 근을 사 오래요."―붉은 고깃덩어리를 절단기에 대면 숭덩숭덩 둥그렇고 평평한 삼겹살이 잘려 나왔다―분명 주인아저씨께서 잔돈을 손에 쥐여줬는데 집에 오면 고기만 들고 있고 잔돈이 없었다. 어디 갔는지 길 하나만 건너는 가까운 길이었는데도 돈은 없었다. 기이한 일이었다. 시장을 넘어가면 근사한 프랜차이즈 보쌈집 하나가 있었다. 거기는 아주 신세계였다. 보쌈이란 걸 주문하면 조그만 새우가 들어간 새우젓과 엄청 맛있는 김치가 돌돌 말아 나왔다. 세상에서 제일 맛있는 김치였고 그 식당은 내가 아는 세상에서 가장 세련된 음식점이기도 했다.

대수정다리에서 옆집 삼성 제화 삼촌이 배드민턴 치는 법을 가르쳐 줬다. 나는 영업이 끝날 때쯤 저녁 아홉 시가 되면 치악이 삼촌에게 배드민턴을 배웠다. 재미가 붙은 나는 시간이 날 때마다 공을 치자고 졸랐다. 제화점에 들어가면 1, 2층 2단으로 쌓여 있는 가죽화와 벽장을 가득 메운 치수별 신발이 있었다. 그곳에 가면 꼭 검정색 말표 구두약 냄새가 났다.

나는 부모님께 어떤 아이였나? 아버지는 나를 집요한 아이라고 했고, 어머니는 어른 같은 아이라고 했다. 아버지는 내가 파리 한 마리 잡으려고 하면 포기를 모르고 닿지도 않는 높이에 팔을 뻗었다고 했고, 어머니는 아버지와 싸우고 난 후 컴컴한 명금당 1층 구리 전열판에 등을 대고 앞뒤 상황을 따지며 괜찮을 거라고 위로하는 아이였다고 했다. 화를 식히러 혼자 외출했던 아버지가 다시 돌아와 가게 문 셔터를 올리면 싸움은 다시 시작이었다. 온종일, 다음날 새벽까지.

한 번은 아버지가 내 목에 칼을 데고 "죽고 싶어?" 위협했다. 어머니 편을 들거나 어떻게든 자신에게 저항하면 그런 식이었다. 차갑고 예리한 칼이 목에 닿으니 살짝만 움직여도 그어진다는 생각에 간담이 서늘했다. 나는 저항하지 못했고 아버지를 가만두어야 했다. 아버지는 정말 화가 나면 제 몸을 긋기도 했다. 손바닥을 그어서 그렇게 피를 보여주는 것으로 자신의 울분을 표현했다. 아버지가 어머니를 때리면 나는 그것을 말렸고 그러면 더 심하게 어머니를

대수정다리

때렸다. 그러고 보니 때리다, 는 표현은 참 멀어진 개념이다. 때린다는 건 동물을 옷장에 던지는 충격 같은 것이고, 퉁퉁한 살집이 울리고 그 안의 뼈가 시리도록 강타한다는 것이다. 그런 걸 본 지도 오래다.

동생들에게 나는 부모님이 낳은 게 믿기지 않는 형이었다. 동생들에게 나는 아버지, 어머니와 따로 떨어진, 하지만 한 계단 아래에 위치한 독립된 존재였다. 한 번은 막내가 다음과 같이 놀란 적이 있었다. "아니…? 인교 형도 우리 엄마 아빠가 낳았잖아…?"

나는 아버지를 죽이고 싶었다. 어느 날은 꿈에서 그런 일이 벌어졌는데 자면서도 울음이 터졌다. 이러고 싶지 않았지만 어쩔 수 없었어요, 드디어 모든 게 끝났고 나도 끝났어요, 라는 식의. 살의는 내 경우에는 환경에 의해 만들어졌다. 살의는 생리 현상처럼 어떤 것이 충분히 많이 쌓이거나 커져서 배출을 위해 그 통로로 저절로 생겼다. 물론 실제로 실천할 생각은 추호도 없었지만 살의는 내게 어디에 위험 도구가 있는지 가리켰고, 기이하고 낯선 현상이 내면에서 발생한다는 것을 초등학생이었는데도 자각할 수 있었다. 그리고 그것은 아버지의 화가 태양 폭풍처럼 심하게 휘몰아쳤다 잦아드는 날이면 자동으로 사라졌다.

아버지는 참 희한한 분이시긴 했다. 아버지의 친구이자

동네 동생으로 정수 삼촌이 계셨다. 근처 슈퍼집 아들이었고 어릴 적부터 아버지의 동네 친구였다. 정수 삼촌은 미술가였고 전국 대회에서 금상을 수상할 정도로 전도유망한 화가였지만 젊은 날 술을 마시고 계단에서 굴러떨어지시면서 장애를 얻으셨다. 정수 삼촌의 인생은 비극 그 자체였다. 말을 버버 더듬으셨고 몸은 삐쩍 마르셨다. 나는 정수 삼촌에게 그림을 배우기도 했는데 그림 그리는데 소질도 없었고 관심도 없어서 이유를 대고 빠질 생각만 했다. 구와 타원을 그리는 것이 너무 지겨웠고 결국 그리 오래 하지 못하고 다른 공부를 핑계로 수업을 그만뒀다. 정수 삼촌의 집에 가면 삼촌 방에는 넓고 커다란 강물이 흐르는 그림이 있었다. 완성되지 않은 그림 밑에 놓여 있던 붓과 잉크 튜브들. 검은 산맥 아래로 노을이 물든 강이 흐르는 그림은 어딘가 어둡고 쓸쓸했다.

아버지는 정수 삼촌을 명금당으로 자주 불렀다. 그리고 이상하게도 어느 날에는 정수 삼촌에게 어머니 욕을 하라고 했다.

"개년아, 씨발년아. 빨리 욕해 봐. 너네 형수가 잘못했잖아. 빨리 욕해!"

"제제, 제가 그걸 어어, 어떻게 해요."

"너 그럼 앞으로 나랑 보지 마."

결국 또 욕을 하고 있다.

"혀혀, 형수, 죄죄죄, 죄송해요. 개개, 개년아! 야이 씨씨, 씨발년아!"

정수 삼촌은 나이가 드실수록 건강 상태가 악화되셨고 ─삼촌이 아버지 앞에서 울던 것이 기억난다─ 아마도 삼촌 방에선 새로운 그림이 그려지고 있을 터였고, 우리가 모르는 어느 도시로 가셨다는 소식을 들었고, 거기서 통닭을 튀기는 일을 한다고 했고, 임금을 제대로 받지 못한다고 했고, 그러다 어느 날 돌연 돌아가셨다는 소식을 들었다. 아버지는 자살이라고 확신하셨고 정수 삼촌의 어머니 그러니까 노년의 슈퍼집 아주머니가 보행기를 이끌고 어렵게 대수정다리를 지나고 있을 때 아버지가 쏜살같이 나와 "개년아 네년이 정수를 죽인 거야 개년아! 네년 땜에 정수가 죽은 거야!" 심한 욕설과 삿대질을 퍼부었다.

아버지는 염불을 외기도 하셨고 염주를 걸어놓고 합장하고 기도를 올리기도 했다. 죽은 생명을 보면 "나무아미타불, 나무아미타불." 다음 생의 축복을 기도했고 우리가 없었으면 절에 들어갔을 거라고 했다. 나는 인생이 무언지 모르지만 내가 보기에 대수정다리 명금당 사장님에게 인생이란 그에게 유익하거나 무익하거나 그저 이미 주어진 대로 살 수밖에 없는 계속되는 연장 선상의 무엇이었던 것 같았다.

내가 제일 좋아하는 아버지의 모습은 아침 일찍 일어나 깨끗이 세수하고 후줄근한 츄리닝 대신 말끔한 옷을 차려입고 건장한 가장의 모습으로 가게 문을 여는 것이었다. 그날은 성실하고 모범적이면서 따뜻한 아버지가 기다리고 있을 것 같았다.

"그래 인교야. 학교 잘 다녀왔어?"

어머니는 꼼짝 못 하는 중세 미술의 석상처럼 꿋꿋이 명금당을 지키고 계셨는데, 그것은 어머니가 밖에 나가는 것을 아버지가 극히 싫어했기 때문이었다. 행사가 있어 어쩌다 나갔다 온 날이면 대개 싸움으로 이어졌다. 아버지는 아버지의 기준으로 어머니가 만나도 좋은 사람들만 모인 위생적 무리에게만 어머니의 외출을 허락했는데 사실상 그런 무리는 존재하지 않았다고 볼 수 있었다. 아버지는 예의범절을 강조했고 그래서 어머니께도 다소곳함을 강조했다. 거의 콩트에 가까운 일들이 벌어졌다. 다리를 벌리고 앉지 말라, 말을 예쁘게 해라, 웃을 때 상스럽게 웃지 말라 등 어머니는 아버지가 강요한 범주에서 넘어가는 경우가 많아서 아버지는 "공주님, 공주님" 하다가도 곧장 "개년아"로 호칭을 바꾸곤 하셨다.

대수정다리의 귀금속점들이 폐점하고 통닭집, 핸드폰

가게, 잡화점 등이 들어왔다. 결국에는 우리 집과 동보당 단 두 개만 남고 보금당, 광신당, 금화당은 없어졌다. 시내 현대타운에 있던 금은방들도 사라졌다. 귀금속 시장은 축소되고 있었으며 명금당도 날이 갈수록 장사가 되지 않았다. 예전 80, 90년대에는 결혼 혼수로 금 예물을 맞췄었다. 금반지와 금목걸이 그리고 황금열쇠를 혼수로 맞추는 문화가 있었다. 그 시절이 금은방의 전성기라면 전성기였고 그때 금은방 사장님이라고 하면 그래도 좀 알아주는 직업이었다.

2000년대에 들어서 밤거리는 더욱 한산해졌다. 혼수로 금을 맞추는 문화가 사라지면서(현재는 아무도 황금열쇠를 맞추지 않는다) 금은방들도 서서히 자취를 감췄다. 명금당은 시계 수리나 개인용 금반지, 금목걸이, 아이들 백일 반지 등으로 근근이 연명했다. 수입이 어디서 나는지 나는 모르겠었다. 나는 부모님이 명금당을 처분하고 다른 일을 했으면 하고 바랐다. 어떤 돈이 되는 직업을. 하지만 아버지 인격체의 연장 선상이라 할 수 있는 명금당은 40년간 원형의 모습을 거의 그대로 유지했다. 아버지는 대수정다리로 나가 양 허리춤에 손을 기대고 한가한 거리를 둘러보곤 하셨다. 제자리에서 한산한 거리를 거리 끝에서 거리 끝까지.

중고등학교를 거쳐 대학에 들어가면서 처음 대수정다리

를 제대로 떠나게 됐다. 수원으로 가는 나를 두고 어머니는 눈물 흘리셨다. 나도 대수정다리를 떠난다는 게 이상한 마음이었다. 내 집이 여기에 있는데 낯선 곳에서 자리를 잡는다고? 어쨌든 나는 수원으로 갔다. 아버지는 대학교 새내기 시절을 보내고 있는 나에게 자주 전화를 해 "옥션 물건이 곧 종료되니 컴퓨터 앞에서 입찰을 해 물건을 잡으라"고 했다. 예전 옥션 사이트는 실제 옥션처럼 한도 시간까지 가장 높은 값을 부르는 이용자에게 물건이 낙찰되는 시스템이었다. 아버지는 카메라 관련 물품을 중심으로 이런저런 물건을 미국 옥션에서 샀다. 아버지는 옥션에 어느 정도 중독된 것으로 보였다. 나는 대학 친구들을 사귀고 과제를 하고 캠퍼스 생활에 적응하는 중에 때마다 컴퓨터 앞으로 가 옥션을 하라는 게 될 수가 없었다. (얘들아 잠깐 놀고 있어 봐. 나 잠깐 기숙사 좀 가서 옥션 좀 낙찰받고 올게?) "오늘은 약속이 있어서 안 된다."고 하면 화를 내며 새벽까지 전화로 나를 괴롭혔고, 언제는 가족 모두를 죽이겠다고 협박했다. 나는 수시로 오는 전화 때문에 대수정다리를 떠나서도 도통 잠을 제대로 잘 수 없었다. 새벽 3시, 4시의 전화 수화기 뒤로는 부서지는 소리, 동생들 목소리가 들렸고("하지 마세요!") 대수정다리 그곳은 영원히 풀리지 않는 숙제였다.

대학 1년 때에는 아르바이트를 하면 족보에서 없애겠다는 아버지의 방침에 따라 충주에서 과외를 했다. 충주로 내려가 터미널에 내려 대수정다리까지 걸으면, 다리 건너편 명금당에는 아버지, 어머니가 앉아 계셨다. 대학생이 된 아들이 충주에 오면 아버지는 기분이 좋아 보였다. 나는 주말 이틀 동안 과외 두 탕을 뛰고 다시 수원으로 올라갔다. 그래도 얼굴을 비추기 시작하니 아버지는 화를 덜 내셨고 "엄마를 위해 더 자주 충주에 내려오라"고 했다.

어떻게 하다 보니 1학년 1학기 공과대 수석을 했고 전액 장학금도 받았다. 아버지는 그걸 대단히 자랑스러워하셔서 만나는 사람마다 자랑을 하셨다고 한다. 나는 방학에도 충주에 내려가기 싫어 계절 학기를 들었고 주말에도 이 핑계 저 핑계 대며 내려가지 않았다. 그렇게 대수정다리와는 서서히 멀어졌다. 충주에 내려가는 건 한 달에 한두 번에서, 두 달에 한 번으로 주기가 늘어났다. 그사이 내 자리를 메운 동생들이 나름의 운영법으로 아버지, 어머니와 융화되고 있었다. 가끔 내려가는 대수정다리에는 지나다니는 사람이 더 줄어들고 있는 것 같았다. 외국인 노동자들이 눈에 띄었고, 동남아 식자재를 파는 아시안 마켓도 생겼다. 저녁은 한산하기 그지없었고 젊은 사람들이 보이지 않았다. 저 멀리 충주 체육관 뒤로 연수동이 발전하고 있다고 했는데 그것의 반동으로 원도심은 서서히 죽어가고 있었다.

내가 없는 동안 우리 집은 문주리에 있는 수주 시골집으로 거처를 이동했다. 차를 타고 30분은 다녀야 했지만 그곳을 집으로 사용했고, 명금당 2층은 밥이나 해 먹고 무슨 일이 있으면 자게 되는 그런 용도로 사용했다.

나는 군대도 가게 됐다. 또 어쩌다 보니 공동경비구역 JSA 판문점에 배치받은 나는 미군의 시스템이 아직 녹아 있는 군부대 특성상 한 달에 한 번 휴가를 나왔다(28일 작전 근무 및 훈련에 2박 3일 휴가 받는 시스템이었다). 휴가를 나와 매번 충주를 가지는 않았다. 서울에 있는 찬호네 집에서 휴가 보내는 걸 가장 좋아했다. 그때의 평화롭고 자유롭고 재밌던 분위기를 잊지 못한다. 찬호 가족에게 많은 신세를 졌다. 그래도 충주에 가는 휴가 날이면 터미널에서 내려 군화를 신고 터벅터벅 명금당까지 걸었다. 다리 맞은편에는 예와 다름없이 아버지와 어머니가 앉아 계셨다. 무언가 나를 인식하지 못하는 가족의 모습을 보면 가슴이 뭉클했다. "다녀왔습니다." 군모를 벗으면 아버지 어머니는 휴가 나온 장남을 위해 뭘 하면 좋을지 즐거운 고민을 하셨다. 아버지는 오토바이를 타고 이마트에서 장을 잔뜩 봐 오셨고 어머니는 이런저런 음식을 준비해 주셨다. 이제 대수정다리의 저녁은 급격히 내려앉고 있었다. 거리는 불빛조차 잠잠했다. 과거의 영광은 영원히 사라진 듯 보였고, 이제는 누가 와도 여기에서의 저녁은 보낼 게 안된다고 할 것이었다.

전역을 몇 개월 앞두고 어머니가 집을 나갔고 대대장님이 나를 찾았다.

"통신보안 병장 정인교 전화 받았습니다."

"인교야, 대대장이다. 아버지께 전화 왔으니 전화 한번 해봐라."

대대장님이 개인적으로 나를 찾은 것에 깜짝 놀랐다. 어떻게 대대장님 번호는 안 것인지 아버지는 대대장님을 두고 이런저런 얘기를 했을 것 같았다. 아버지는 "엄마를 찾아야 한다. 연락 온 거 없냐. 연락하지 않았느냐. 연락 오면 꼭, 바로 아빠에게 말하라."고 했다. 나는 사실 어머니가 동생들과 함께 청주에 있는 임시보호소에 피신한 걸 알고 있었다. 나는 사실 군부대에 있으면서 내가 그곳에 가라고 강권했다. 나는 결국 아버지와의 관계를 끝내는 수밖에 가정 폭력을 끊는 다른 방법은 없다고 판단했다. 동생들은 보호소에서 가정 폭력에 대한 진술서를 썼다. 쓸 건 많았고 특별한 건 없었다. 그저 최신 것을 쓰면 됐다.

전역 당일, 아버지는 차를 군부대 초입에 세워두고 나를 기다리고 있었다. 아침 7시였다. 충주에서 이곳 38선까지는 족히 서너 시간이었다. 내가 어디라도 샐까 봐 이른 새벽에 출발하신 거였다. 사회로 발을 떼자마자 심약이 초췌해진 아버지가 나를 막고 섰다. 나는 아버지 차를 타고 대수정다리로 내려갔다. 할머니는 몰라보게 치매가 진행되셔서 깜짝 놀랐고 당황스러웠다. "사과 먹을래? 밥 먹었어?"를 반복하는 할머니는 집안 문제에 치매가 더 빨리 진행된 듯 보였다. 아버지는 어머니 찾을 방법을 같이 고민하고 한시라도 빨리 찾아야 한다고, 집안 전체가 위험에 처해 있다고 했다. 나는 아버지가 하는 말은 반은 망상이고, 반은 본인 생각이라고 생각했다. 나는 군 전역으로부터 해방감에 반대되는 역 해방감, 구속감을 얻었다. 나도 나름의 전역 후의 계획을 갖고 있었다. 한숨만 나오는 상황이었다. 2년간 준비한 계획이 나오자마자 틀어질 수도 있었다. 이 상황을 어떻게 타개해 나가야 할까.

아버지는 장시간 운전으로 피곤하니 다음번 휴게소에서 쉬고 가자고 했다. 그러다 휴게소가 나오면 이다음에 쉬자고 했다. 조금 더 가자고. 조금 더 갈 수 있겠다고. 그런 식으로 끝까지 가 결국 마지막 휴게소까지 넘었다. "맨날 좀 더 가야지. 좀만 더 가야지 하다가 끝까지 가버려. 미련맞게." 아버지는 항상 나에게 "미련 맞지 말라." 충고하셨다. 나는 모름지기 충고란 저 자신에게 가장 던지고 싶은 말이기도 하다고 생각한다. 아버지도 예외는 아니셨던 것 같다.

명금당은 아버지의 정신 상태의 표현인 양 취약하고 관리가 전혀 돼 있지 않았다. 명금당은 부식된 돌의 냄새와 곰팡내가 뒤섞여 있었다. 지난날의 생기는 없었고 어둡고 차갑고 슬퍼 보였다. 구석 마다는 크게 쳐진 거미줄들. 수주집은 더 가관이었다. 수주에는 진돗개 한 마리를 길렀는데 밥을 주지 않아 뼈만 앙상하게 남았다. 매일 집에서 주무셨는데 밥 한 번 주지 않았던 것이다.

"왜 밥을 안 줘요?"

"내가 못 살겠는데 무슨 개밥이야."

아버지는 정신과에서 조울증 판정을 받았다고 했다. 수주집 앞에는 달천강이 흘렀는데 죽으려고 강물에 뛰어들었다고 했다. 나는 예나 지금이나 아버지의 그런 모습에 동요하지 않았다. 다만 개를 보고 이 상황이 아버지에게 얼마나 어려운지 그 정도를 가늠했다. 아버지는 고사하고 계셨다.

어머니는 아버지에게 가정 폭력으로 인한 이혼 소송을 법원을 통해 송부하신 터였다. 그것에 힘을 실은 것도 나였다. 아버지의 모든 상황이 안타깝지만 더 이상 어쩔 도리가 없다고 생각했다. 나는 아버지와 빨간 뚜껑 참이슬 한 병을 두고 대화를 시도했다. 아버지와 그렇게 술을 마신 건 그게 처음이자 그 후로도 없었다. 나는 아버지를 위로하는 동시에 그간의 혼자 하신 생각을 잔뜩 듣고, 어떻게든 도망갈 방법을 강구했다. 소송 취하는 내 계획에 없었다.

나는 구타는 안 된다고 했다. 아버지는 옛 시절의 아버지들처럼 "말하고 어쩌다 보면 때리는 날도 있는 거라고" 했다. 나는 그래도 구타는 안 된다고 했다. 무슨 일이 있어도 때리는 건 안 되고 그것 때문에 이 지경까지 왔다고 했다. 속 깊은 얘기도 했다. "저는 태어나서 한 번도 사랑받는다는 감정을 느껴본 적이 없어요. 사랑받는다는 게 뭔지 모르겠어요." 이 말은 사실이었고 진솔한 표현이었다. 어쩌면 사랑이란 너무 어려운 개념을 들이댄 것 자체가 실수일지 모르지만 나는 항상 불안하고 노심초사한 시간을 보냈다. 대수정다리에서는 사랑받은 일, 즐거운 일, 행복한 순간도 있었겠지만 싸움의 빈도가 너무 잦았기 때문에 그 모든 것은 더러운 긴장으로 더럽혀져 있었다.

아버지는 화를 내다가, 그렇지 않다고 하다가, 너는 애가 왜 이렇게 잘못됐냐고 하다가 나를 안아 주셨다. 우리 부자가 그렇게 포옹한 것도 처음이었다. 나는 언제나 모든 것에 냉소적이었고 아버지도 굳이 그렇게 앞서 나오지 않으셨다. '죄송합니다, 죄송합니다, 아버지, 저는 아버지를 버릴 것입니다, 저를 용서하세요, 죄송합니다.' 나는 아버지의 품 안에서 그렇게 되뇌었다.

품, 어깨를 둘러주는 더 큰 어깨, 거대한 팔뚝, 듬직한 배, 내가 무얼 하든 나를 지켜줄 것 같은 그런 느낌은 처음이고 어색했다.

나는 영악하게도 있지도 않은 계획으로 어머니를 찾아올 테니 다음 날 시내로 데려달라고 했다. 나는 끝까지 아버지 곁에 있어야 할지 떠나야 할지를 갈등했다. 결국 도망을 택했고 나는 아버지를 배신하고 충주를 떠났다. 다시 수원으로 올라왔고 학교로 돌아갔다. 수강 신청을 했고 강의표를 수업으로 빼곡히 채웠다. 학과장님이 나에게 전화를 해 "아버지에게 전화 왔으니 전화를 해보라."고 하셨다. 나는 모든 것을 무시했다. 나는 군대에 있으면서 매일 두 시간씩 연등을 하며 가장 약했던 수학 분야인 해석학을 독학했다. 교과서 한 권을 다 뗐고, 학업으로 돌아가고 싶었다. 나는 수학을 공부하고 싶었다.

고대하던 첫 수업 시간 고 교수님의 강의 소개를 듣고 있었다. 내 계획이 성공했다고 믿을 찰나 뒷문이 열렸고 아버지가 칼을 들고 나타났다. 어떻게 내 수업표를 얻은 거지? 나는 조용히 가방을 싸고 나왔고 아버지는 칼을 들고 나를 쫓아왔다. 또 한 번의 촌극이 벌어졌다. 캠퍼스 안에서 칼이 웬 말인가.

"어머니 소식 몰라요! 저도 모른다니까요!"

나는 누구 아는 사람을 만날까 봐 마음 졸였다. 꽁꽁 숨겨왔던 치부를 들킬 것 같았다. 팔달관 아래 벤치에서 아는 얼굴이 보였다. 대부 아저씨가 앉아 계셨다. 대부는 아버지에게 일단 칼을 넣으라고 했다. 대부는 나에게 "네 엄마를 찾아야 한다."고 일렀다. 대부 아저씨는 아버지가 따르던 동네 형님이다. 대부 아저씨는 예전 귀금속 관련 일을 하셨고 근래에는 시장에서 고추 장사를 하셨다. 아버지는 이상하게 대부 아저씨의 말은 비교적 잘 따랐다. 결국, 나는 성에 못 이겨 아버지에게 붙잡혔고 아버지 차에 타야만 했다.

수원 시내를 목적지 없이 배회하면서 아버지는 다른 때깔의 정신적 옷을 나에게 들이댔는데 그것은 깡패와 조폭의 무드로 어머니를 찾아야 한다는 것이었다. 깡패 이야기는 아버지가 종종 입에 올리는 종목 중 하나였다. 나는 그것을 한 번도 믿어본 적이 없었다. 지금에 와서 생각해 보면 그런데 가끔 아버지는 수백, 수천의 묵직한 현금을 들고 나타난 적이 있긴 있었다. 일을 처리하고 왔다고 했다. 그리고 며칠은 깡패 무드였다. 나는 거기에도 다른 어떤 것으로 돈을 벌어왔으면서 거짓말을 한다고 생각했지만 또 거짓말이 아녔을 가능성을 아예 배제할 수 없기도 하다.

대수정다리

아버지는 어느 수원의 돼지갈비집에 차를 세웠다. 아버지와 대부는 어머니 찾기의 긴급성을 설파하며 "집안 전체가 무너지고 있어. 뭐가 됐든 니 엄마를 찾아와야 돼. 이게 뭐냐, 이게?"

학업이 중단된 나는 복잡한 심경이었다. 나는 아버지께 어머니를 찾아보겠다고 또 한 번 거짓말을 하고 헤어졌다. 그게 우리 부자 1막의 마지막 만남이었다. 그 후로 아버지를 오랫동안 보지 못했다.

어스름 땅거미가 지는 수원을 걸어 우만동으로 돌아갔다. 거기에서 어머니, 막내, 나 셋이서 살고 있었다. 네 평 원룸에서 세 평은 동생과 내가 잤고, 한 평 남짓 조그만 부엌에서 조그만 체구의 어머니가 조그만 몸을 뉘고 그렇게 생활했다. 오늘은 개강 날이었지만 원룸으로 돌아가 학교 얘기도, 아버지 얘기도 하지 않았다. 어머니는 수원 월드컵 경기장 맞은편에 위치한 한정식집 사랑채에서 일하셨고, 동생은 동네 피아노 학원에 다니면서 음악 공부를 했다. 학교를 돌아갈 수 없다고 판단한 나는 휴학계를 냈다. 길이 굽어 있는데 내가 굽어 가지 않을 도리가 없었다. 그리고 곧장 일을 구했다. 어머니께는 이런저런 이유로 지금은 학교보다 경험이 중요하다고 둘러댔다.

"그래도 공부를 하는 게 낫지 않겠어?"

"공부는 나중에 하면 돼요. 군대도 갔다 왔으니까 지금은 사회 경험을 해야겠어요."

어머니는 재판이 있는 날에만 충주에 내려가셨다. 아버지는 거기에서만 어머니를 볼 수 있었고 할머니도 나오셔서 "얘야, 얘기 좀 하자. 응? 잠깐 얘기 좀 하고 가." 어머니께 간청하셨지만 어머니는 일언반구도 하지 않고 등을 돌리셨다. 나는 꼭 그렇게 해야 한다고 했다. 아버지의 삶은 피폐해졌고 그래도 어쩔 수 없다고 생각했다.

우만동에서 우리는 화목하게 잘 지냈다. 내 기억에 처음 있는 평화였다. 나만 아버지께 오는 전화를 받지 않고, 아버지께 오는 전화를 가끔 받아 변명을 둘러대고, 아버지께 오는 전화를 쳐내면 우리에게 따로 화는 없었다. 어머니는 식당에서 꼬박꼬박 월급을 받았고 거기 아주머니들과도 친분을 쌓아 자유롭게 나갈 수도 있었다. 문교는 밤늦게까지, 때로는 밤을 새워 피아노 연습을 하며 나름 작곡도 해나갔다. 나는 회사에서 주는 공짜 점심에 감사해하며 돈을 모았고, 어머니와 막내가 자신의 삶을 사는 모습에 아버지에게는 죄송하지만 이게 옳다고 생각했다. 그러던 어느 날 재판에 내려가 너무나 쇠약해진 아버지의 모습을 보고 마음이 동한 어머니는 노심초사하시며 집으로 돌아가야겠다고 하셨다. 거의 1년에 걸친 긴 시간을 버티고 있던 나는 아버지가 불쌍해 안 되겠다는 어머니에게 뭐라 말할 수 없는 감정을 느꼈다.

"진짜 그게 맞다고 생각하세요?"

"나도 모르겠어……."

"돌아가세요. 저는 이제 이 집안과 끝입니다."

어머니는 재밌어하시던 한정식집도 그만두고 충주로 내려가셨다. 나는 이제 집안에서 무슨 일이 벌어져도 내 일이 아니며 내가 할 수 있는 일은 다 했다고 생각했다. 무슨 일이 있어도 충주로 돌아가진 않는다고 결심했다. 모두와 연락을 끊었다. 그렇게 세월이 지났다.

어느 날 어머니에게 전화가 와 "놀라지 마라. 할머니가 돌아가셨어." 부고를 알렸다. 할머니는 돌아가시기 전 나에게 전화를 걸어 치매 중기의 상태로 나를 찾으셨다.

"할머니 보고 싶지 않니? 할머니 보고 싶지 않아?"

"보고 싶죠. 보고 싶어도 못 내려가요."

나와 할머니는 사이가 좋았다. 어른들은 내가 할머니를 닮았다고 했다. 할머니는 손자 중에 특히 나를 예뻐하셨다. 마지막에도 나만 찾았다고 했다. 할머니는 치매 중에 실종되셨고 할아버지의 묘가 있는 야산에서 뼈다귀 몇 개와 실종 당시 입고 나가셨던 짐승에게 뜯겨 얼마 남지 않은 옷가지의 변사체로 발견되셨다. 나는 그런 날에도 일을 했고 아무에게도 아무 말도 하지 않았고 하늘에 빌어 죄송하단 말만 되뇌었다. 결국 이 모든 것 뒤에 내가 얻어야 할 게 무엇일까. 나는 할머니가 진정 나에게 바랐을 것이 무엇이었을지 물었고, 우리가 그 오랜 시간 싸워가면서 저 작은 큰손자가 어땠으면 하고 바랐던 것이 아마도 나의 행복이었을 거란 지레짐작으로 나는 할머니의 죽음에서도 내 행동을 정당화하는 빌미로 삼았다. 인교는 왜 장례식에 오지 않느냐는 소리가 들렸다. 나는 이 집안의 모든 것을 혐오했고 다시는 명금당, 대수정다리 근처에 얼씬도 하지 않았다.

그리고 학업 생활, 배낭여행, 진로 고민 등 남들이 해보는 것들이 찾아왔다. 그렇게 연을 끊고 꽤 시간이 지났다. 어느덧 대학원에 입학해 대학원 생활이 한창일 때 익숙한 코란도에서 시골 아주머니 하나가 내리더니 뒤이어 돌다리 하나가 쿵하고 차에서 굴러떨어져 몸을 일으켜 세웠다. 아버지였다. 5년 만의 재회한 아버지는 전과 다르게 매우 뚱뚱해져 계셨다.

"정인교 저 짜식은 먼저 다가가지 않으면 절대 먼저 오질 않아. 어릴 때부터 그랬어. 자존심만 세 가지고." 아버지는 아버지답지 않게 어색한 듯 사선을 보고 눈길을 피하시며 말씀하셨다. 내가 알고 있던 모습과는 달랐다. 직선으로 똑바로 노려보며 죽일 듯 쳐다보던 그 사나운 모습과는. 그렇게 화해하고 아버지가 돌아가시기까지 채 1년이 걸리지 않았다. 2016년 리우데자네이루 올림픽이 한창이던 광복절날 아침 전화기로 수 통의 부재중 전화가 어머니 앞으로 와 있었다. 단번에 불길한 기운이 엄습했다.

"놀라지 말고 들어. 아빠가 쓰러지셨어. 지금 더 큰 병원으로 가야 한다고 해서 춘천으로 가고 있어."

춘천 세브란스 병원 응급실에는 아버지가 돼지처럼 혀를 내밀고 미동도 않고 누워 계셨다.

"아버지 저 왔어요."

급성 뇌출혈, 예후가 가장 안 좋은 뇌간이 터졌다고 했다. 들리는지 아닌지, 그 존재의 가장 깊은 동굴 속까지 목소리가 닿는지 닿지 않는지, 나는 "힘내세요. 할 수 있어요." 귓속에 대고 나지막이 속삭였다. 아버지는 존재의 심연 속에서 고독하게 홀로 외쳤을 것이지만 나는 그 목소리를 들을 수 없었다. 그 후로도 영영 목소리를 들을 수 없었다. 아버지는 쓰러지시고 여드레 후 임종을 맞으셨다. 그날은 날이 너무 좋아서 직감적으로 무슨 일이 벌어질 것 같다는 느낌이 들었다. 그리고 내가 다른 환자 가족분들의 음료를 사 가기까지 아버지는 기다리셨다가, 오후 3시 23분 중환자실에 도착했을 때 마지막으로 큰아들의 존재가 곁에 거함이 어떤 느낌이었는지 되새겨 보시고 숨을 놓으셨다.

평평해진 바이털 사인의 단조로운 신호음.

순간 추론을 벗어난 미지의 영역에서 돼지 한 마리가 달려들어 내게 말했다. 〈살아있는 동안 어떤 아름다운 것을 하라.〉 아버지가 마지막으로 힘을 내 던진 것일까. 어머니는 천으로 덮이는 아버지를 부여잡고 우셨다.

"내가 금방 따라갈게. 내가 금방 따라갈게. 거기 잘 있어, 아빠. 내가 금방 따라갈게."

인생이 그렇게 끝났다. 사는 건 무엇이었던가. 조이스틱이 먹지 않는 실존의 조절 불가능성 속에 켜켜이 쌓이는 죄책과 자괴감의 풍경? 놀랍게도 그런 아버지가 내게 보낸 마지막 문자는 이랬다.

'인교야 너는 한 번도 사랑받았다고 느낀 적 없다며.'
'우리 아들, 아빠가 사랑한다.'

그리고 웃고 있는 기본 이모티콘.

청색집

빨간 적벽돌 도시에서 유난히 파랬던 청색집을 봤다.

《22년 4월》

 돈 얘기를 하자면 나는 돈이 없다. 일을 하고 있으니 진짜 돈이 없는 사람보다야 있겠지만 또래에 비하면 백 분의 일, 오십 분의 일 수준이다. 내가 이십 명, 백 명이 있어야 그들과 견줄 수 있으며 격차는 날로 커지고 있는 상황이다. 집 재계약이 있어서 부동산에서 계약서를 썼는데, 집도 대출도 아내 앞으로 돼 있어 나는 뒤에서 (아무것도 안 하고) '앉아 있는 역할'을 맡았다. 대출에 필요한 십 수종의 서류도 모두 아내가 준비했고, 그간 나는 '집안 청소'를 도맡아했다. 회사를 끼고 대출을 받을 수도 없는 계약직 아르바이트생 신분이어서 금액적으로도 도울 수 없었고 서류 준비로도 도울 수 없었다. 아내는 여기 응암 집에 사는 것도, 내가 들어와 사는 것도 본인이 원해서 시작한 것이므로 내가 도움이 못 되는 점에서 일언반구도 하지 않았다. 나는 옆에서 계약이 진행되는 걸 보면서 아내에게 스트레스와 번거로움, 조금의 회한이 진행되는 것을 느꼈다, 말하지 않아도. 귀찮은 일들이 모두 끝나고서야 "앞으로 이런 일이 있으면 있었지 없지 않을 걸 생각하면…… 어떻게 해야 하나 하고 우울해졌어." 간단히 알렸다.

그런 일이 있고 난 주말에 동주를 만났다. 동주는 상암에서 친구 결혼식이 있어 근처로 온다고 했다. 나는 홀서버로서의 미래든 소설가로서의 금전적 성공이든 모두 되지 않을 거란 심란한 마음으로 동주를 만났다. 나는 앞서 있었던 얘기들을 꺼냈고 동주는 "애초부터 말이 되지 않는다." 즉답했다. 그 말인즉슨 내가 금전적으로 거의 돕지 못하고 있는데 같이 사는 것 자체가 말이 되지 않는다는 것이었다. "나도 안다"고 했다. 나는 "원래 혼자 살려고 했고 500에 30으로 평생 살려고 했다"는 구차한 변명을 늘어놓았다. 그리고 그 이야기는 더 하지 않았다. 잘 살고 있는 친구들 얘기를 했다. 현대, SK, 삼성 등 대기업을 다니면서 집을 살으며 차도 있고 아이도 있는 친구들을. 그 친구들이 어떻게 살고 있느냐고 동주에게 물었다. 동주는 그 친구들과 연락하며 지냈는데 나는 보통에 소식을 동주에게 전해 들었다. 친구들은 잘 살고 있고 애들을 키운다고 했다. 그래도 그 친구들도 저보다 나은 사람, 그들보다 위에 있는 사람, 더욱 사정이 나은 사람들 얘기를 한다고 했다. 나와 동주도 마찬가지였다. 우리는 우리보다 처지가 나은 사람 얘기를 했다. 그러면 뭘 떡이라도 떨어질 것 같았고 최소 대리만족과 부러움을 동시에 느꼈다.

그것에는 이득과 손해가 동시에 있었다. 동주와 나, 우리는 그러지 못하다는 감정, 일찌감치 낙오했다는 사실, 이제는 선택권도 없이 그저 바라만 봐야 하는 입장이라는 공감대를 형성했다. 그러나 잘 사는 친구들의 모습은 또한 멀리서나 보기에 좋은 모습이었고 그렇게 되라면 그리 되고 싶지는 않은 떠들기에나 좋은 동경이었다. 적어도 나에게는 그랬다.

"인생 망했어." 동주는 자신의 처지를 그렇게 표현했고 나도 부정할 수 없었다. 나 또한 그렇다고 했다. "그래도 넌 하고자 하는 거라도 있잖아. 난 그런 거도 없어." 동주의 대답이었다. 사실이었다. 그것은 큰 차이였다. 엄청 크고, 엄청 대단하고, 엄청 돈을 벌고 하는 것은 아녔지만 복부

담석처럼 있다면 확실히 있고 고통을 주는 그런 것이었다.

    동주는 여느 때처럼 그 어떤 희망과도 동떨어져 있는 사람의 뉘앙스를 풍기면서 오직 남은 것은 천박하고 중독적이나 남에게 피해 주지는 않는 짧은 쾌락뿐이고 그것에 남는 돈과 시간을 모조리 사용하고 죽고 싶을 만큼의 심정만 피하면 다행이라는 자고 나면 녹아버릴 버터 조각 같은 겸손을 품고 "피곤하다"며 가 버렸다. 동주는 지하철역 계단으로 사라졌고 또 그저 그런 밤이 동주를 기다리고 있을 것 같았다.

《23년 5월》

    동주와 동국대 입구에서 만나기로 했다. 출구를 나오니 내 쪽으로 걸어오는 동주가 보였다. 손을 흔들었다. 동주는 어디론가 전화를 걸었고 바로 나에게였다. 더 크게 손을 흔들었다. "아니, 바로 앞에 있는데." 동주는 보이지 않았다고 했지만 나는 별로 굴욕감을 느끼진 않았다. 인간의 시각 체계에선 해를 등지고 걸으면 눈부심에 대비돼 보이지 않을 수도 있으니ㅠ

    "뭐 먹을까?"

    "회, 숙성 횟집, 일식 횟집, 인당 5만 원."

놀랍게도 짜장면집이나 고깃집을 꺼내지 않은 동주는 —우리는 보통 그런 걸로 대충 때웠는데— 미리 알아둔 데가 있다며 "가본 적 있어. 한 번." 약수 쪽으로 고개를 넘자고 했다. 장충체육관에서 약수역으로 이어지는 장충대로 뒷길로 갔다. 횟집은 신당동 떡볶이 골목 맞은편 어디에 있었는데 가보니 문을 닫았다. 누가 봐도 문을 닫았는데 혹시나 불을 끄고 영업을 할까 해서 입구까지 가봤다. 역시 문을 닫았다.

"쉬펄…."

"아이고 문을 닫았구만. 주말엔 안 하나 봐."

"네이버엔 한다고 했는데 쉬펄… 닫아서 좋아하는 거 같은데?"

"나? 아녀. 아쉬워 (하나도 아쉽지 않음). 뭐 먹을까? (재빨리)"

동주는 순댓국을 먹자고 했다. 옳거니. 이 근방에서 성시경 씨가 먹을 텐데 순댓국집만 두 편을 찍었다. 난 또 거기 중 하나를 가는가 싶었다. 거기는 아녔고 이북집이라고 옛날부터 있던 집이었다. 나도 본 적은 있는데 들어간 건 처음이었다. 우리는 순댓국 정식 2인을 시켰다. 순댓국을 좋아하는 나는 기분이 좋았다. 어제 술도 마셨겠다 해장으로 딱이었다. TV에선 일본의 기시다 총리가 한국에 방문해 실시간 영상이 송출됐고, 오래지 않아 돼지고기 수육과 채소와 선지로 채운 순대, 부추 무침을 올린 뜨거운 철판이 나왔다.

"뭐여, 되게 잘 나오네."

"여기 괜찮아."

수육을 한 점 집었더니 기름이 고소하고 고기가 너무 깨끗했다. 오, 괜찮다! 그리고 우리는 이런 이야기를 나눴다. 동주는 삶에 지쳐 보였다.

"명료함 100에 달했다가 또 떨어지고 다시 노력해서 100을 채우면 어차피 또 떨어질 거고 하잖아. 게다가 내가 원하지도 않는데 어떤 불운한 사건이 생기면 다시 처음부터 다 다시 시작해야 하고······."

"맞지······ 허, 참." 나는 수육 한 점을 집어 이번에는 양념 부추에 싸서 먹었다······ 뽀얀 순댓국에는 들깨 한 숟갈을 풀고······ 요놈 어떤 맛인가 좀 볼까······ 순댓국은 보통이다. "그리고 너는 운이 안 좋게 나쁜 일도 있었고 몸도 물리적으로 몸이 안 좋고······." 그리고 나는 들었다. 친구가 하는 말을.

나는 입을 다물고 무슨 경전을 읽듯 내 앞에 지나가는 문자의 배열을 집중해 파악했다. 빠짐없이 이해했다고 해도 과언이 아녔다. 요는 이랬다. 희망이 없다는 것이다. 더 이상 그렇게 노력하는 게 무슨 의미가 있냐는 것이다. 지금까지 해왔던 것처럼 그 어떤 선택도 실수가 될 테고 조금의 행운도 따르지 않을 거란 거였다. 나는 부추를 찾았다. 그 녹색 놈이 피를 맑게 해준다고 하더라. 나는 더 많은 부추가 필요했다. 그것을 우걱우걱 씹어 뱃속에 넣으면 그것이 피를 맑게 하여 혈관은 원활해지고 패색 짙은 어둠에 대항하는 정곡의 한마디 해낼 수 있도록 뇌를 굴릴 것이었다. 실제 나는 셀프바에 가 부추를 찾았으나 부추가 없었다. 돌아오면서 생각했다. 희망이 없다면 살아갈 이유가 없지. 질 게임이라면 게임을 계속할 이유가 없어. 동주가 맞아. 동주가 말을 이었다.

"계속하는 게 맞나. 차라리 그만 사는 게 낫잖나…."

"야! 살어! 뭐 그런 말을 하고 그래! 열심히 살다 보면 해 뜰 날이 올 거야! 세상을 긍정적으로 좀 봐!"란 대답은 내 사전에 없었다.

"부데요비치의 기억 같은 건 잊었나…?" 나는 동주가 체코의 지방 도시에 갔던 좋은 시절을 언급했다.

"그런 기억은 왠지 떠올리면 안 될 거 같아서."

나는 주룩 땀을 흘리며 뜨거운 순댓국을 먹었고 희망을 잊은 사람에게 희망과 유사했던 것이 스쳐 지났던 순간을 언급한 것 외에 별 더 할 말도 없었다. 사람은 피로 와서 피로 간다는 구절을 어느 식당에서 본 적이 있다. 아마도 고금에서 따온 문장일 것인데 나는 그 말에 깊은 공감을 했다. 아이 적 순수한 피를 유지하는 것이 인생의 목적이라고. 우리의 행복은 피의 탁도에 있으니 순도를 높이면 그래도 조금의 희망이 보이지 않겠냐고. 난처한 상황이었다. 피를 맑게 하지 못하는 순댓국을 먹고 있는 상황에서 그러면 할 말은 거의 없고 최소한 우리가 하는 말은 거의 의미가 없었으므로 혈액 순환을 위해서는 걸어야 했다. 가게를 나왔다.

"여기 맛있네. 이런 데가 있었어."

"나도 괜찮아서 찾아보니 여기만 있는 줄 알았는데 프랜차이즈래."

"그래? 한 번 동네에도 있나 찾아봐야겠네."

우리는 동주가 전에 살던 신당 푸르지오 쪽으로 걸었다. 중간중간에 뭐가 많이 생겼다. 예전에 자주 가던 카페는 주인이 바뀌었고, 분위기도 화사하고 밝게 바뀌어 있었다. 우리는 너무 밝다는 이유로 그곳을 지나쳤다. 지나가다 나온 신당 뒷골목의 박정희 생가에서 집안을 둘러보고, 박 전 대통령과 육 여사님이 실물 사이즈 모형으로 있는 곳에서 동주의 사진 한 방을 찍어줬다. 사진을 보여줬다.

"얼굴이 작게 나왔네."

"찍는 사람이 잘 찍었어."

나는 그 사진을 동주와 다른 친구들이 있는 단톡방에 올렸다. 그리고 보이는 카페로 들어가 커피를 사 마셨다. 가게 입구에는 양귀비 한 송이가 고개를 흔들며 위태롭게 균형을 잡고 있었다. 문제가 분명한 충돌을 야기하지 않고 서서히 사람을 침몰시킬 때 풀이는 더욱 어렵다. 해답은 나와있지만 실천을 하기에 충분한 동기가 주어지지 않기 때문이다. 충돌이 충분한 아픔을 발생시켰다면 상황은 달랐을 것이다.

우리는 커피를 마시고 청구 뒷골목을 걸으면서 계속 대화를 나눴다. 동주와 나의 문제에는 성질의 차이가 분명했다. 나에게 있어 동기는 직접적인데 동주에게 그런 것이 주어지지 않는다는 것이었다. 예를 들어, 나는 김춘삼처럼 내 밥을 직접 벌어먹어야 했다면 동주는 그러지 않아도 됐다. 축구로 비유하자면 오프사이드를 해도 반칙을 받지 않는 축구 선수가 수비 라인을 주시하지 않는 것이다. 그저 골대 맨 앞에서 공을 받는 것이다. 그에게 수비 라인은 존재하지 않는다. 그러나 룰이 있는 공격수에게는 예리하게 수비수를 주시해야 하는 과제가 주어진다. 주제가 주어지는 것이다. 주제가 사람을 기르고 주제가 감각의 날을 벼르게 한다. 반면, 반칙이 없는 선수는 자의적으로 룰을 지킨다 해도 심판이 잡아주는 선수만큼 적극적으로 할 수가 없다. 휘슬이 없는 선수는 경기 의욕이 떨어지게 마련이었다.

"씨팔, 다 죽었으면 좋겠어…… 저 오토바이 마후라 씹새끼들……." 청구 뒷골목에는 굉음을 과시하는 오토바이가 끝없이 지나다녔다. 반바지에 슬리퍼, 발을 오토바이에 올리고 부릉부릉.

"아니, 굳이 저렇게 다녀야 하나? 나라에서 왜 제재를 안 하는 거야?" 나 또한 이 멋진 중구의 최악의 요소는 필요 이상의 굉음을 내는 오토바이라 생각했다. 오토바이 수도 많고 소리도 컸다.

"아까 그 떡볶이집으로 가보자." 우리는 처음 만나 지났던 떡볶이집으로 갔다. 그곳은 오래된 짜장 떡볶이집이 있던 곳으로 그게 없어지고 새로운 가게가 생겼다. 그러나 그 집은 금일 휴무라고 했고 ("쉰댜.") 그래서 우리는 그곳을 지나 광희문으로 향하는 사잇길을 넘었다. "여기도 뭐가 많이 생겼던데." 카페와 와인바, 주점 등이 보였다. 광희문으로 나와 "여기 왔으니 중앙아시아 음식이나 먹어볼까?" 내가 제안했다. ("그려.")

우즈베키스탄 음식을 파는 동대문 뒷골목으로 갔다. 이 먹자골목은 다른 나라에 온 것 같은 기분이었다. 키릴 문자 가득한 상점들은 화덕에 구운 통통한 빵들, 왠지 담백해 보이는 이색적인 음식과 향신료 냄새가 나는 음식들을 팔았다. 곡선이 두드러지는 외관에서 그러나 우리는 감히 들어갈 엄두를 못 내고 지나쳤다.

"쉽지 않겠는데?"

"적어도 오늘은 아닌 거 같아."

떡볶이에서 메뉴를 바꿔 담백한 맛으로 시도하자니 쉽지 않았다.

"그럼 싸다로 마무리 해야겠구만."

"그럼세."

우리는 동대문 싸다 김밥으로 향했다. 동대문 대로로 나오니 다양한 국적의 외국인들과 사람들이 많았다. 우리는 길을 건너 현대시티 아울렛 쪽으로 넘어갔다. 현대판 성공한 김밥천국 격인 싸다에는 손님이 많았다. 외국인이 쉽게 접할 수 있는 한식 같은 걸로 유명세를 탄 건지 외국인들이 많았다. 우리는 납작만두, 라볶이, 제육덮밥을 주문해 먹었고 동주는 연신 "가성비 개쩐다." 놀라움을 표현했다. 이 값에 이렇게 다양한 맛을 맛볼 수 있다니 수긍이 갔다. 드라마 얘기를 했는데 동주가 추천한 것 중 (제목은 기억나지 않는) 남궁민 배우가 나오는 야구 드라마를 봐야겠다고 생각했다.

다 먹고 헤어졌다. "담에 봅세." 동주는 지하철역으로 갔고 나는 청계천으로 빠졌다. 날이 좋았다. 해가 지기 전 미명의 청계천은 작은 불빛들로 반짝였다. 나는 천을 거슬러 시청 쪽으로 향했다. 빠른 걸음으로 씩씩하게 걸으며 소화 시켰다. 서서히 해가 지고 있는 진홍색 하늘은 가로로 찢어졌다가 이내 어둠에 휩싸였고, 존재감이 뚜렷한 뭉게구름이 밤하늘을 먹색 뭉텅이로 평행 이동했다. 빌딩들은 공간을 가로지르는 예리한 윤곽선으로 저마다의 다각형을 뽐냈으나 그것의 입체감은 거의 없었다. 사람들은 얼굴이 보이지 않는 깊은 청계천 어둠에서 여느 조용한 소리처럼 노란 피부를 슬쩍 드리우고 지나갔다. 그들 각자는 어떤 이야기를 나눴는데, 그 뜻을 전해 받을 겨를은 없었다. 그렇게, 계속, 성큼성큼, 사람들이, 아픔들이, 즐거움이, 희로애락이, 지나갔다.

《23년 11월》

동주는 한 달간 집에서 나오지 않았다고 푸념을 늘어놓는 자신에게 거북함을 느끼며 그간의 괴로움을 털어놓았다. 나는 부정에 집중하는 동주의 사고에 잘 되고 있는, 적어도 계획대로 되고 있는 부분을 지적해 줬다. 또한 우리의 경험이 보여준 것처럼 막힌 길에서의 일은 이미 다 해봤고 이제는 더는 무엇을 하지 않을 수 없다는 것도 이야기했다. 동주에게 아무것도 하지 않는 시간은 너무 길어서, 더는 어떤 것을 기대해 볼 건덕지가 전혀 없을 정도였다. 동일한 회로의 순환 반복뿐이고 그래서 그 회로를 벗어날 수밖에 없지 않냐고.

약수에서 을지로 4가로 넘어갔다. 중간에 나온 고급 호텔에는 유리창 너머 찬란한 샹들리에 아래서 식사하는 사람들이 보였고 그들의 옷은 부유한 자의 것으로 보였다. 동주는 벤치에서 자신을 모욕하면 칼을 놓을 수 있는 정도까지 왔다 하였는데, 우리는 불빛 하나 없는 벤치에서 눈부신 곳의 사람들과는 말로 표현할 수 없는 심리적 괴리를 겪고 있었다. 우리는 우리 자신이 조금이라도 무엇을 하고 있다는 것을 증명하기 위해 골이 아팠고, 저들은 가리비 굽기와 와인의 떼루아를 이야기했다. 또 새로 뽑은 차량과 전에 갔던 여행지에 대해서도. 상호 간의 주제가 보여주는 표상을 비교하면 이쪽은 초라할 뿐이었고 동주의 손에는 샤또 마르고 대신 지에스 25 편의점 커피가 들려 있었다.

《23년 12월》
한파가 몰아치는 몹시 추운 겨울, 동주가 먼저 도착해

있겠다는 센터원 할리스에는 무수히 많은 인파로 가득 차 있었고 인파에 밀린 동주는 창가 바로 앞 벤치에 바짝 앉아 있었다.

"나갈까?"

"나가자."

밥 먹을 곳을 찾다가 세종 문화회관 뒤쪽 홍성각으로 들어갔다. 일요일에도 여는 중국집은 반가웠다. 브레이크 타임도 없어 좋고 메뉴를 고민할 필요도 없었다. 평소처럼 쟁반 짜장 곱빼기에 탕수육을 주문했다. 가게는 꽤 오래돼 보였는데 최소 삼, 사십 년에 평생을 여기서 보낸 듯한 주인 할머님은 큰 매장에 혼자 앉아 계셨다. 손님은 짜장면을 먹는 한 명이 전부였다. 중국스러운 실내 인테리어와 홍등은 오래된 중식당의 모습 그대로였다.

근황 얘기를 했다. 여느 때와 다름없이 게임하고, 자고, 담배와 커피를 살 때만 밖을 나온다고 동주는 말했다. 내 상황도 백 년 만년 똑같았다. 글 쓸 시간은 없지만 경제적 압박이 있으니 일을 하지 않을 수 없고, 하루 여덟 시간 일하면서 대체 무엇을 하고 있는 것인가 회한이 들면서 이러지도 저러지도 못하며 일 년을 보냈다고.

동주는 자신의 어려움에 집중된 듯 내가 하는 이야기로부터 내 어려움은 전달받지 못했고, 적어도 어려움 면에서 내 위에 군림해 있어서 내 어려움은 작고, 잘 살고 있는 편이며 동주가 겪는 것만큼 심하지는 않다는 뉘앙스를 보였다. 나는 날카로워졌고 답답한 심정에 자세히 토로했다. 동주와 나는 30년 지기로 지금까지 어떻게 살았는지 누구보다 가까이 봐왔는데 서로를 전혀 모른다는 생각이 들었다. 동주는 정신병리학적 병명이란 메달을 얻은 친구들의 이름을 꺼내어 나는 거기에 못 미치는 어려움을 겪고 있는 것으로 보이게 했다. 시간 순서에서라면 회까닥 가버린 그 친구들보다 내가 앞서 그 영토에서 전쟁을 벌였지 않나. 누구보다 일찍 그곳에 던져져 주먹으로 맞고 싸우고 집을 나가고 와중에 공부를 하고, 알바 하고, 누가 죽고 세상을 살아가며 누구도 알아주지 않고 도와주지 않는 외로운 싸움을 벌이지 않았나. 동주는 옆에서 그것을 보지 않았나. 아니면 정말 내 어려움은 누구나 극복 가능한 작은 어려움이었던가. 나는 정신이 무너지지 않고 여기까지 왔기에 동주는 선호… 기형… 운학… 의 이름을 운운하며 정신병리학의 타이틀을 따낸 그들과 비교해 어려움을 모른다고 생각했다. 혼자의 방에서 누구도 도와줄 수 없으면서 벗어날 수도 없는 막막한 괴로움이 매일 애틋하게 찾아오는 그런 밤을 나는 이해하지 못한다고 생각했다. 내가 죽어버릴까 알뜰살뜰 보살피며 딱 살고 싶지 않게만 괴롭히는 그 지속

성의 밤을 나는 모른다고.

"탕수육 맛있네."

새콤달콤 소스의 탕수육은 고기도 부드러웠다. 나는 허겁지겁 짜장면과 탕수육을 먹었다.

그래 누가 더 힘든지 대결하는 것도 아니고, 나는 어머니가 오늘같이 추운 날 무와 배추를 팔던 모습을 보며 느꼈던 상처 같은 건 꺼내지 않았다. 돈 얘기나 했다. 어머니 앞으로 마이너스 이백만 원씩 매달 찍히는 과정은 피가 마르는 스트레스다 정도를. 그러면서 나는 동주와 나의 문제가 다를 뿐이라고 했다. 네가 처한 어려움은 제일 어려움이 아닌 다른 어려움이라고. 나는 이런 상황이고 너는 동기부여 되지 않는 부류의 문제를 겪고 있다고.

식사를 마치고 홍성각을 나왔다. 설명한답시고 사적인 얘기를 꺼내니 역시 기분이 매우 안 좋고 허무했다. 우리는 근처 메가 커피로 갔다. 중국집은 동주가 샀는데 잘 먹었다고 말하는 것을 까먹었다. 커피는 내가 샀다. 동주는 연유 라떼를 시켰고, 나는 바나나 크러쉬라는 신문물을 주문했다. 카페는 추웠고 앉을 자리도 별로 없었다. 우리는 통로 옆 큰 자리에 앉다. 우리를 정면으로 바라보고 있는 옆의 꽁냥 커플을 아랑곳하지 않고 앉았다. 한파가 심해 멀리 가지 못하고 가까운 메가 커피로 들어왔는데 그냥 저 위에 넓고 괜찮은 카페로 갈 걸 후회했다. 문이 열릴 때마다 강풍이 불었다. 바나나 크러쉬도 작은 문제가 있었다. 일단 이것을 주문한 이유는 커피는 마시기 싫고 음료에 죠리퐁이 들어서 였는데 바나나 크러쉬는 프라푸치노 같은 얼음 음료였던 것이다. 생각보다 달지는 않았고 꼭 바나나우유에 죠리퐁을 갈아 넣은 맛이었는데, 얼음 때문에 온몸이 심부부터 추워졌다. 동주는 연유 라떼가 바닐라 라떼로 잘못 나온 것 같다고 했다.

"일라오이만 해. 일라오이 하려고 롤하지. 가끔 다른 게 잡힐 때도 있는데 그러면 바로 닷지함."

동주가 설명해 준 일라오이는 블리츠크랭크처럼 Q 문어발을 던져 상대를 잡아야 하는데, 그게 안 맞으면 할 수 있는 게 없고 두들겨 맞는 시간이라고 했다. 일라오이는 성장해도 자기 라인을 쭉 밀고 가는 챔피언인데 동주는 습관처럼 팀워크를 하려고 미드 라인으로 내려와 합류함으로써 아무짝에도 쓸데없는 플레이를 한다고 했다.

"혼자 라인만 파는 거면 딱 내 스타일인데. 넌 팀워크를 하니까 또 일라이오가 스타일 상 안 맞구나."

자기랑 맞지 않는 챔피언을 고집하는 동주였다. 동주는 플래티넘이라고 했다. 꽤 높은 등급이었다. 동주는 전보다 승급하기 쉬워졌다고 했고, 플래티넘이 이제는 그리 높은 등급도 아니라고 했다. 동주는 롤을 하다가 좀 했다 싶으면 호그와트 게임으로 넘어간다고 했다. 그렇게 또 호그와트 한두 시간하다 롤 하고 하는 게 완벽한 디지털 짬짜면이었다.

동주는 주기적으로 일을 하진 않았지만 이래저래 모인 돈이 억은 됐고 기분이 좋지 않다가도 억을 생각하면 그래 나에겐 돈이 있어 너무 힘들어하지 말자며 기분 전환이 된다고 했다. 나는 누구에게든 돈이 그렇게 필요하지 않고 큰돈을 가져도 별 느낌이 없을 것이라 단언하곤 했는데, 그러면 그것을 듣는 사람 누구든 너는 그렇게 큰돈을 가져 보지 않아서 그렇게 말하는 것이라고 했다. 동주 역시 억이 모이면 돈이 정신생활에 긍정적 역할을 할 것이라고 했다. 거의 모든 사람이 나에게 그런 주장을 했는데 나는 한 번도 그래서 돈을 벌어보자 하는 관심이 생긴 적은 없었다. 반면 누구도 언질을 주지 않았지만 문학에서는 바가지를 들고 구걸을 나갔다.

관람차 돌아가듯 공허하게 맴도는 우리의 대화 주제를 보고 계시던 커플이 떠났고, 포시즌스 주방 직원들이 양식 조리복을 입고 메가 커피로 우르르 들어왔다. 그들은 쉬는 시간인 듯 여기저기 나눠 앉아 아이스 아메리카노를 마시며 휴식을 취했다. 얼음 음료를 완식한 나는 터덜거리는 농

기구 엔진처럼 닥닥 떨었고 화장실을 참듯 심하게 생리적으로 몸을 진동하기도 했다. 동주는 다 식은 연유 라떼를 마지막까지 마시고 내 문제를 깔끔하게 정리해 줬다. 다른 친구들과 똑같이 살고 있다는 것이었다. 가족을 부양하고, 대출을 갚고, 회사를 다니고, 하고 싶은 일은 어떻게든 짬을 내서 하고. 나는 그 말에 묘한 위안을 얻었다. 나도 그 친구들처럼 살아보고 싶었다. 막막하지만 눈앞에 있는 급급한 일들을 처리하다 보면 어떻게 세월이 가고 어떻게 어떻게 또 한 살 먹으며 나아가는 그런 경제적 삶을. 나는 내 중심에 진정한 현시대를 놓고 싶었는데 어느 정도 목표를 이룬 것 같았다. 동경했으나 결코 살고 싶지 않았던 삶을 기어코 살고 있었다.

메가를 나와 좀 걷자고 했지만 너무 추웠다. 너무너무 추웠다. 온도계는 영하 16도에 체감 온도는 바람이 심하게 불어 그 이하였다. 동주는 자신이 전에 근무했었던 시청에 가보자고 했다. 나는 중도 포기를 하고 싶었지만 그래도 갔다. 시청에 도착해 한 일은 시청을 가로지르는 중앙통로를 건너 맥도날드 쪽으로 빠져나온 것이 전부였다. 그리고 광화문으로 돌아와 헤어졌다.

"다음엔 내가 살게!"

"그려."

《24년 4월》

신당역 주변의 새롭고 힙한 가게들에는 즐거운 젊은이들로 가득했다. 우리는 인파의 적음이 인도해 주는 골목의 외짐을 따라 단 세 명의 손님만 있는 황학동 메가 커피에 다다랐다. 메가 커피 키오스크 앞에서 나는 지난번 동주와 만났을 때처럼 크러쉬퐁을 주문했고, 크러쉬퐁은 마르셀 프루스트의 마카롱처럼 기억의 매개체로 역할했다.

동주는 일라오이로 다이아까지 찍어버린 본 계정을 삭제하고 지겨워서 롤을 다시 하지 않겠다고 마음 먹은 뒤, 부캐를 만들어 그것에 어마어마한 시간을 투자해 그걸로 또 다이아를 찍었음을 알려줬다. 종일 내내 게임만 하고 있다고.

"재미가 있든 없든 방에서는 그런 것에서 벗어나기 정말 쉽지 않지." 내가 말했다.

동주는 심한 우울증이 찾아와 죽어야 할지 살아야 할지 몇 날 며칠 그 생각에 집착한 게 근 한 달 이내라고 했다. 그래도 지금은 좀 편해졌다고. 나는 빨대에 걸리는 죠리퐁을 쏙쏙 빨아 먹었다. 그래도 동주는 그간 살 집을 구하기 위해(현재 사는 집의 계약이 끝나 혼자 살 집을 구해야 했

다) 부동산도 다녀왔고, 바깥바람을 쐬서인지 상태는 괜찮아 보였다. 동주의 머리 뒤로는 치킨 매니아 간판이 반짝이고 있었다.

 동주의 이런저런 얘기를 한참 듣자니 또 묘하게 위로가 되는 부분이 있었다. 이 세상 어디에도 스트레스를 받지 않는 현대인은 없었다. 동주는 물론 동주가 들려주는 잘사는 회사원 친구들 누구도 쉽게 살아가는 사람은 없었다. 동주는 부동산 어플로 몇 개의 매물을 보여줬다. 몇몇은 직접 갔다 왔다고 했다. 매물들은 다 괜찮았다. 동주는 전세 사기를 99.9% 당할 것이란 작은 확신을 갖고 있어서 앞으로 살 집의 계약이 만료되는 그 2년 후를 자살 시점으로 점찍어 두고 있었다. 농담이 섞여 있었지만 동주는 정말 그렇게 믿었다.

 확고한 사람에게 할 수 있는 말은 아무것도 없었다. 우리는 너무 동주만 얘기하고 있다는 사실을 자각한 뒤, 이번에는 내 얘기를 했는데 자살과 우울증, 전세 사기로 정한 자살 시점 뒤에 내가 하는 회사에서 채용 일을 맡을 것 같다는 이야기는 도무지 앞뒤가 조화롭지 않았다. 너무 의례적이어서 분명한 선이 두 주제를 갈랐다. 묻나 마나 동주나 나나 똑같았다. 그래서 나는 회의를 앞두고 촉박하게 맥반석 계란으로 허기를 채우다 미처 떨어지지 않은 아주 작은 계란 껍질 조각을 어금니로 아작 깨물어 전기가 올랐다는 이야기를 해줬다. 에피소드라면 그 정도가 있었다. 동주는 게임을 했고, 나는 글을 썼다. 동주도 혼자 있었고, 나도 혼자 있었다. 다만 나는 오후가 되면 싫든 좋든 일을 하러 식당에 출근한다는 사실만 달랐다.

"무릎부터 허리, 목도 아프고. 여러 군데 신경 쓸 데가 너무 많아. 그냥 밖으로 나가는 것도 항상 의식하고 걸어야 돼."

동주가 하는 말은 모두 사실이기도 했고, 사실에 입각한 논리 표면의 절대성에는 고개를 끄덕이는 것 외에 다른 거 들 방법도 없었다. 우리는 메가를 나와 동대문으로 걸었다. 신당과 동대문 사이에는 곳곳에 생긴 힙한 가게들이 인파로 붐볐고 언제나처럼 그들과 동주는 전혀 다른 세계에 사는 듯 보였다. 이런 사실은 푸에르토리코 원주민도 인정할 만한 자명한 사실이었다. 사람의 색깔마저 달라서 붉은 화기가 도는 이들 앞에서 동주만은 파라면서 회색이었.

우리는 동대문 DDP 야외 의자에 앉아 쉬었다. 너무 정확히 딱 좋은 기온과 바람이었다. 공용 피아노에선 누군가 끊임없이 건반을 연주했는데, 동주는 이 밤에 이렇게 시끄럽게 치는 사람이 어딨느냐고 짜증을 냈다. 그래도 4월 동대문의 밤은 동주의 기분을 조금 누그러뜨려 주는 듯 싶었다. 동주는 집에 가면서 대체 누가 치고 있는지 확인을 하고 가자고 했다. 동주는 피아노를 치고 있는 사람을 보고 중국인이라고 했다. 일본 여행객들이 여름밤의 감미로운 연주를 감상하면서 피아노 연주자를 촬영했던 반면, 동주는 도저히 이해되지 않는다고 대놓고 혐오감을 내비쳤다. 우리가 DDP를 빠져나가며 우주적인 다리를 건넜을 때 그토록 광활한 콘크리트 벌판에 마음이 쾌적했다.

《24년 10월》

그간 동주는 비교적 들어가기 어려운 정부 산하 기관의 계약직을 얻어냄으로써 지난 4개월간 평범한 회사원으로 자신의 일신을 표준화하는 데 성공했고, 이제 블루빌(bluevill) 그 파랗고 우울한 파란 빌라 이야기가 여기서 끝나는 듯 보였지만 이수역 7번 출구 할리스에서 만난 동주는 "다음 주 목요일까지만 다니고 그만두기로 했어."라며 퇴사를 알렸다.

동주는 과학 기술 및 정보통신 기술에 관한 저술을 편찬하는 팀에 들어가 그 일을 배우고 있었다. 대학교수 또는 기업 임직원이 최신 동향 테크놀로지에 관한 원고를 작성해 보내면 그것을 받아 윤문, 교정, 교열, 편집 과정을 거쳐 최종 출간물로 엮어내는 일이었다. 그리고 그것을 두 달에 한 번씩 계간 잡지로 발간하는 일이었다.

"컴퓨터로 텍스트를 200페이지씩 봐. 분명히 정신 차리고 꼼꼼히 읽는다고 다 읽었는데 해놓고 나면 꼭 틀린 게 있어. 틀린 게 있는 정도가 아니야. 엄청 많아. 나도 믿을 수가 없어. 지금이 두 번째 발행인데 첫 번째 때는 그냥 옆에서 하는 걸 봤다고 할 수 있고 두 번째 이번에는 제대로 배우면서 진짜 참여하기 시작한 건데 내가 너무 못하니까 사수가 면담 요청을 했어. 책에 나, 사수, 팀장님 해서 셋의 이름이 올라가는데 자기는 자기 이름 빼고 올리고 싶은 지경이라고. 도대체 믿고 맡길 수가 없어서 자기 이름을 빼고 싶다고. 그래서 아예 면담 때 팀장님까지 불렀고 그래서 해도 안되는 거 같고 해서 되는 건지도 모르겠다고 그냥 다음 주까지만 다니겠다고 했어."

"자존감 와장창이겠는데…?"

"그렇지."

보직 이동이나 그런 방법은 없느냐 물었지만 계약직인데 보직 이동이 무슨 의미가 있느냐고 했다. 내가 들어본 동주의 일은 그러나 아무나 할 수 있는 일은 아녀 보였다. 책을 쓰고 편집도 직접 하는 나도 감히 엄두가 나지 않는 양의 텍스트를 다루고 있었다.

"그 주임님이 특별히 잘하시는 거 같은데. 내 생각에는 그걸 그렇게 할 수 있는 사람은 많지 않을 거 같아. 나도 그렇게 컴퓨터 화면으로 뜻 맞추고, 교정 교열하라고 하면 정말 못 할 거야."

편집이나 퇴고는 머릿속이 불타는 느낌을 주는 특이한 작업으로 텍스트를 십수 페이지, 수십 페이지 교정하다 보면 머리가 새하얘지고 생명력이 떨어지는 게 금방 느껴진다. 좀비 상태로 작업을 계속 이어가다 보면 집중력도 떨어지고 글을 고치는 의도에서 벗어나 본래의 원문을 망치기 일쑤였다. 하지만 그날 그 시각에는 그것이 보이지 않고 뭔가 고쳐지는 듯싶더니 다음 날에 보면 완전히 망쳐놓은 문장을 발견하게 되는데 대체한다고 한 게 왜 이런 모양인지 도무지 이해가 가지 않는다. 그래서 교정, 편집, 탈고에서 가장 중요한 건 언제 멈춰야 하는지를 아는 감각이라 생각해 왔고, 나는 그 영역에는 하루에 할 수 있는 분량은 꼭 정해져 있다고 믿고 있는 편이었다.

"업 자체가 맞지 않을 수 있어. 안 맞는 거면 잘한 걸 수 있어. 더 잘 되겠다고 그러는 거지. 뭐가 좋은지는 모르는 거야."

최근 했었던 원고 대조의 일도 알려줬는데 그것은 예전에 발행했던 아티클을 다시 낸다고 "왜 다시 내는지 대체 이해하지를 못하겠어." 본 원고와 이전 발행됐던 PDF, 그 둘을 비교해 오늘의 최종본으로 발간하는 작업으로 그걸 하기 위해선 컴퓨터 화면에 텍스트 두 개를 띄어놓고 이쪽 문장과 저쪽 문장을 넘어가면서 최종 문장을 만들어가는 식이었는데 그 양이 A4 200쪽으로 방대하다고 했다. 나는 시선을 오가면서 그렇게 문장을 본다는 설명만으로도 구역질을 느꼈다.

또 그렇게 어려운 작업을 동주는 점심밥도 먹지 않고 한다고 했는데 먹으면 졸리다는 이유에서 초코바 같은 간편식으로 때웠다고 하는 것이, 업무수행능력은 신체 상태 즉 영양과 건강, 근질과 내장 기관의 온전함에 달려 있다고 믿고 있는 나는 그런 에너지로는 도저히 결과물을 낼 수 없을뿐더러, 그런 상태로 결과를 내기 위해 쏟아부어야 하는 노력과 응답하지 않는 결과물의 간극에서 정말 동주가 괴로웠을 거라 예상했다.

나는 고속터미널역을 지나 양재역으로 중심통과 해야 하는 동주 출근길의 괴로움을 지적하며 그 지옥에서 떠나는 것이 차라리 잘된 일이라고 편을 들어줬다. 그래도 동주는 전과는 다르게 다음번 직업도 미리 준비해 구하고 있었는데 지금의 자취방에서 몇 정거장 되지 않는 곳의 체육관 시설 관리직으로 그게 된다면 생활이 훨씬 나아질 거라며 꼭 됐으면 하고 바라고 있었다.

"오전 다섯 시 반부터 저녁 열 시 반까지 3교대 근무인데 그러면 일 끝나고 병원도 다니고 그럴 수 있어서 되면 좋지."

"김칫국 마시지 말자. 김칫국 마시면 꼭 안 되더라고. 안 된다고 생각하는 게 좋겠어."

"그래야지."

(하지만 추후 그 일에서 동주는 떨어졌고, 동주의 말로는 내정자가 이미 정해져 있었다고 했다.)

인환이가 도착하고 동주는 이 이야기에 대해 말하지 않았다. 홍콩반점에서 쟁반 짜장과 탕수육을 먹을 때에도, 비엔나 커피하우스에서 음료수를 마실 때도 직업 생활에 관해선 한마디도 꺼내지 않았다. 별로 말이 없던 동주가 얘기한 것은 층간 소음에 관한 이야기였다. 동주는 1층에 살고 있었고 밤 열두 시경 쿵쾅거리는 발소리 때문에 잠에서 깰 때도 있다고 했다.

"처음에는 여자 한 명만 사는 줄 알았어. 알고 보니 부부가 살고 있더라고. 발소리가 좀 심하니까 좀만 조심해 주면 좋겠다 하고 쪽지를 써서 붙였는데 아무것도 변하는 게 없는 거야. 진짜 어느 날은 칼로 다 찔러버리고 좆같은 내 인생도 다 끝내버릴까 하다가." 그러나 동주의 말에는 위협이라기보단 깊은 낙심에서 오는 패배감이 젖어 있었다. "집주인이 3층에 살고 있거든. 집주인에게 연락해서 이런 일이 있는데 직접 얘기해도 될까요 하니까 싸움만 된다고 그러지 말라고 자기가 얘기한다고 그러더라고. 얘기를 한 건지 그리고 좀 조용해졌어. 요즘은 좀 괜찮아졌는데 내가 괜찮아진 건지, 위가 괜찮아진 건지 모르겠어. 그래도 좀 나아졌어."

《24년 12월》

동주 원룸의 구조 변경을 도와주러 가기로 한 날이었다. '밥을 먹고 가야 하나?' 밥을 먹고 가면 동주와 식사를 못 할 것 같았고, 안 먹고 가면 침대 같은 무거운 가구를 옮길 힘이 있을지 했다. 걷다가 눈에 띄는 게 있으면 먹고 아니면 말자. 종로 3가에서 5호선을 타고 군자역으로 넘어갔다. 군자역에서 집들이 선물로 홈플러스에서 사과를 사서 동주 집까지 걸었다. 처음 온 군자를 두리번거리며 이곳이 어떻게 생겼고, 어떤 게 다르고, 어떤 게 같은지 살펴봤다. 의외로 감성 주점 같은 것이 보였고 초밥집과 카페도 있었다. '의외'라는 해석은 내 인식에서 벌어진 일로 이곳은 원래부터 유서 깊고 인구도 많은 동네였으나 내가 와본 적이 없다는 이유로 나의 인식은 그렇게 해석했다.

동주 집 근처로 가니 명륜진사갈비도 보이고 교촌치킨, 메가 커피도 여러 개 보였고, 냉삼집도 심심치 않게 보였다. 동주네는 용마산 아래였고, 근처에 大元(대원)이라는 명패의 학교도 보였다(알고 보니 그 유명한 대원외고였다). 동네는 조용했지만 있을 건 다 있었다. 나는 전화를 걸어 집에 다 온 거 같은데 내가 서 있는 곳의 번지수가 전혀 다르다고 했다. 동주는 내려가 보겠다고 하니 나는 동주가 내려오는 것이 보였다. 동주의 집 앞에 있던 것인데 동주가 보내준 건 지번주소였고, 건물에 달린 건 도로명주소였던 것이다.

동주 집에는 예전 어머니와 함께 살던 때의 냄새가 났다. 투룸은 하얗고 컸으며 물건도 몇 개 없었고, 유리창도 크고 여러 개면서 주방 시설도 갖추고 있었다. 물건을 따로 놓을 수 있는 베란다도 구비하고 있었다. 큰 방에는 컴퓨터 책상 뒤로 침대가 있었는데 이 배치는 10년 전에도, 20년 전에도 동주의 방이라면 항상 이런 모습이었다. 작은 방은 옷방으로 쓰였다. 거기에는 구조 변경을 위해 미리 비워둔 옷장 세 개와 서랍장 하나만 휑하게 있었다. 동주의 집은 남자 혼자 살기에 충분하고 내 기준에는 과분할 정도였다. 자연스럽게 떠오른 것은 대학 시절 소수의 친구만이 전셋

집에 살고 있었던 기억이다. 전세는 그 친구가 좀 사는 집의 친구란 걸 알려주는 지표였다. 그들의 방도 이렇게 하얗고 깨끗했으니 동주도 그 정도 되는가 싶었다.

밥은 먹었느냐 물으니 "지금 일어났고 씻지도 못했다"고 했다. 오후 세 시였는데 아무래도 쉬고 있는 기간, 나갈 때도 없으니 밤낮이 바뀌어 버린 것 같았다. 일이 없는 사람은 컴퓨터와 스마트폰으로 밤낮이 바뀌는 게 보통이었다. 좀만 더해야지 하다 보면 저절로 밤을 새우기 마련이고, 하다 보면 중단할 힘도 남지 못했다. 이런 절차는 거의 정해져 있고 나도 그렇게 된 적이 많았다.

식사부터 할까 하다가 밥 먹고 와서 이 가구를 전부 옮기는 게 너무 귀찮을 것 같고, 밥 먹고 돌아오는 것도 숙제처럼 여겨질 것 같아서 빈속으로 옷장부터 빼냈다. 동주가 침대를 큰 방에서 작은 방으로 옮기는 구조 변경을 하는 것은 위층에서 들리는 층간소음이 한밤중에 큰 방에서 가장 크게 들렸기 때문이었다. 조금이라도 줄이려고 침대를 작은 방으로 옮기고자 했다. 동주는 밤에 발망치 소리가 나면 소리를 꽥 지르고 주먹으로 벽을 친다고 했다. 그래도 변하는 건 없다고.

우리는 먼저 옷장을 거실로 뺐다. 옷장 세 개와 서랍장과 원래 있던 소파를 다 넣을 정도로 다행히 거실은 넓었다. 동주는 침대를 분리해야 한다고 했는데, 침대를 돌려 빼면 분리하지 않아도 될 수 있을 것 같았다. 침대는 거대하고 육중하고 무거웠는데 매트리스 또한 그랬다. 프레임도 마찬가지 크고 무거웠다. 우리는 먼저 매트리스를 들어 날랐다. 그리고 니은 자 프레임을 옆으로 뉘어서 문에서 회전하면서 천천히 꺼냈다. 길쭉한 발부터 빼고 돌리면서 머리 쪽도 빼냈다. 그러나 그 상태로 작은 방에 회전하며 돌려 넣을 만큼의 공간이 없었다. 그래서 다시 침대를 정상태로 돌리고 한 번 더 반대쪽 니은 자로 뉘었다. 이번에는 머리부터 작은 방으로 들어가 회전하면서 침대를 넣었다. 거의 딱 떨어지게 공간이 맞았고 결론적으로 침대를 해체하는 수고를 들이지 않고 작은 방에 넣는 데 성공했다.

키가 180에 가까운 동주는 의외로 힘을 잘 썼다. 아프다, 아프다 해서 허약하단 프레임이 씌인 것 같다. 뭔가 이런 일을 했어도 잘했겠다 싶었다. 사실 동주는 몸으로 하는 운동을 다 잘했고 센스도 좋았다. 그래서 나는 동주에게 몸으로 하는 일이라면 뭐든 잘할 거란 신뢰를 갖고 있었다. 실제로 동주는 처음 하는 골프든 야구든 보통 사람보다 월등히 잘하는 모습을 보여주곤 했다.

침대 프레임에 매트리스를 올리고 이불도 깔았다. 커튼도 큰 방에 있던 암막 커튼으로 바꿔 달았다. 옷장과 서랍장을 큰 방으로 넣는 건 식은 죽 먹기였다. 가구를 이동하고 소파에 네 줄로 널렸던 옷들도 걸었다. 옷을 옮기면서 상의든 하의든 옷걸이에 가지런히 걸려있는 옷들을 보고 잘해놓고 살겠다는 의지가 느껴졌다. 그러나 퇴사를 해버린 지금 동주의 모습에 비하면 그것엔 안타까운 구석이 있었다. 청소포로 바닥도 삭삭 닦았다. 동주는 바뀐 구조가 어색하다, 어색하다 했는데 처음 온 나는 이게 맞다고 생각했다. 자는 방과 활동하는 방이 분리된 것이.

동주와 내 배는 서로 다른 맥락에 있었다. 나는 일어난 지 몇 시간째이고 활동도 많이 했지만, 동주는 일어난 지 얼마 되지 않아서 먹고 싶은 게 달랐다. 나는 고깃집이나 냉삼집 같은 든든한 저녁을 떠올렸고, 동주는 입맛 없는 아침에 그래도 먹어야 한다면 입맛을 다시는 자극적인 걸 떠올리는 것 같았다. 내 생각에도 일어나자마자 고기는 무리였고 스마트폰을 뒤지던 동주는 "중국집 어때?" 중식당을 찾아냈다. 좋다, 이곳 동네 중국집의 맛은 어떨까.

평점이 좋아 찾아간 중국집은 가격이 너무 저렴해서 나는 순간 멈칫했다. 짜장면이 현금이면 3천 원이었고 짬뽕은 4천 원이었다. 탕수육은 대충 만 원 돈 했다. 동네 중국집을 간다는 건 좋았지만 가격이 너무 싸지면 사용할 수 있는 식재료가 제한되면서 맛이 거의 똑같아진다고 나는 생각하고 있었다. 그러나 너무도 매력적인 외관에 이끌려 그래, 한번 먹어보자 하고 들어갔다. 옛날 영화속으로 들어가는 기분이었다. 실내 인테리어도 실망을 주지 않았는데 이런 서민적이고 진솔하며 브랜딩이란 프레임의 틀에 갇히지 않는 양식을 두고 따로 미학적 용어가 있는진 모르겠지만 적어도 그것은 키치적이라고 할 순 없었다.

메뉴판에는 황비홍 세트, 주윤발 세트 등 각종 이름 부르기에 좋은 세트 메뉴가 구성돼 있었고, 어떻게 된 게 쟁반 짜장은 5천 원, 2인분엔 9천 원이었다. 눈에 걸리는 전 메뉴가 아마 서울에서 가장 저렴한 축에 속했다. 우리는 아무 자리에 앉아 씩씩한 사장님께 오므라이스와 쟁반 짜장 2인, 탕수육 소자를 주문했다. 다섯 시쯤 아직 해가 지지 않았는데, 아마도 하늘이 짜장 소스처럼 흑색이었다면 고량주 하나쯤은 시켰을 것이었다.

조리는 크고 넓고 상당히 연식이 오래된 주방에서 사장님이 아닌 사모님이 하셨다. 탕수육부터 나왔는데 전분으로 뭉친 소스가 난생처음 보는 색깔이었다. 소스는 투명한 노랑이나 케첩이 살짝 섞인 붉은색이 아닌 캐러멜라이징 양파 같은 희미한 갈색이었다. 갈색 돼지고기 튀김에 갈색 소스를 먹는 것이었고 눈으로 보는 것보다 다행히 맛은 나왔다. 오므라이스도 기별난 것이었는데 별 조미료 없이 볶은 흰 볶음밥에 그저 케첩을 위에 죽 뿌리고 그 위에 얇게 펴 구운 계란을 올리면 오므라이스였다. 투박하게 올라간 케첩에 조금 웃음이 났고, 나는 동주와 그것을 숟가락으로 잘라 먹었다. 쟁반 짜장은 평범했다.

저렴하게 식사를 마치고 나오니 빗방울이 추적추적 떨어졌다. 나는 중랑천을 보고 싶었고 그래서 동주가 뚝방길 쪽으로 안내했다. 용마사거리 이 동네는 사람도 별로 없고 시끄럽지 않아 회색 콘크리트로 세운 황량한 도시 같았지만, 사람이 살기에 좋아 보였다. 나는 말했다.

"신당도 내 기준에는 너무 번잡했는데 노량진은 진짜 최고였지. 왜 그렇게 거기는 사람이 많을까?"

예민한 성격의 동주가 어떻게 그 복잡한 동네에서 살아간 건지 잘 모르겠다. 어쨌든 지금은 조용한 동네로 이사를 잘 왔다.

중랑천을 두고 한쪽은 아파트 천지였으며 한쪽은 낮은 빌라였다. 동주는 저기가 장안동일 거라 했다. 중랑천은 서울 서쪽의 불광천과 달리 한강의 소형판 같은 양식으로 배드민턴장, 풋살장 같은 구기 종목 시설들이 늘어서 있었고, 한쪽에는 좁은 차도를 일정한 차량 행렬이 지나고 있었다. 조금 전 먹은 중국집 음식에 입이 텁텁해 편의점에서 껌을 사면서 뚝방길을 벗어났고 중곡에 있는 재래시장을 둘러봤다. 시장 쪽으로 상가들이 포진해 있었고 '짬뽕에 목숨을 건 집' 같은 게 있어서 여기서 먹을 걸 그랬나 싶었다.

동주는 자신의 생활 반경을 소개해 줬다. 항상 다닌다는 카페도 말해줬다. 육 개월을 살면서 남과 다르지 않게 이곳 생활에 적응한 것이 느껴졌다. 고기가 먹고 싶으면 정육점에 가는 것이고, 라면이 떨어지면 이마트 에브리데이로 가고, 커피가 마시고 싶으면 집 앞 메가 커피나 개가 있다는 사람 없는 카페로 간다. 물건을 조달할 곳이 정해져 있다는 게 적응했다는 것이었고 하나부터 열까지, 월요일부터 금요일까지 패턴 있게 순환하면서 반년을 살아온 것이 느껴졌다. 이것이 동주의 생활이었다.

"학사를 그만둔 게 좀 아쉬워. 계속 다녔으면 거리도 가깝고 일도 엄청 편했을 텐데."

하지만 과연 그게 가능했을지 나는 스스로 물었다. 거기엔 차마 말하기 어려운 비극적인 사건이 있었고, 그래서 동주는 그만뒀다. 그래도 어떻게든 버텼다면 과연 좋았을까? 또는 현실적으로 버틸 수 있었던 일이었나? 만약 그 사건이 없었다면 "집도 가깝고 안정적이고 좋았겠지." 하지만 인생에 만약이란 없는 법이니까.

나는 그 사건과 관련해 기이한 느낌을 갖고 있다. 동주는 거의 최저에 가까운 낮은 보수에도 업무가 편해 그곳에 다니는데 큰 불만이 없다고 했는데 "몸은 편하지만 이상하게 그만두고 싶다"고 여러번 말했다. 공무원 시험이나 자격증 공부를 해서 나가겠다고. 나는 그 업이 공무원보다 편하지 않느냐고 했다. "그렇지. 근데 나도 왜 그런지 이해할 수 없지만 여기서 나가고 싶어." 나는 그것이 결국 그 직업이 시사하는 사회적 지위와 그로 인해 타인에게 당당히 '전 이런 일을 합니다' 하고 쉽게 말할 수 없는 자존감의 문제에서 비롯되지 않을까 싶었다. 하지만 인과 관계를 찾을 수 없는 이상한 일이 터졌고, 그것은 마치 정해진 시각에 꼭 발자국을 거기에 데야만 터지고 마는 지뢰를 밟은 폭격 같은 사건이었다. 동주가 블록을 밟는 순간 사람이 창유리를 넘었고…. 그 일을 예감했던 걸까?

시장에는 겨울철 대방어에 횟집이 붐볐고 정육점과 떡집, 전집과 반찬집을 둘러보고 우리는 역전할머니맥주로 갔다. 나는 이곳 생맥주가 비교적 기계가 새것이고, 순환이 잘 되며, 대형 프랜차이즈라 기본적인 관리가 될 거란 삼박자의 믿음이 있었다. 330ml 작은 생맥주와 큰 생맥주 간에는 확실한 맛의 차이가 있어서 작은 것을 여러 번 시켜 먹었다. 이가 시릴 정도의 차가운 카스 생맥주는 가볍고 탄산이 강해 여러 번 먹기에 좋았다.

할맥은 어느 지점에 가나 매우 시끄러워 조용히 마실

수 없는 곳이었다. 이르게 찾은 할맥이었지만 겨우 있는 두 팀도 목소리가 고질라 괴성처럼 매우 규모 있었다. 멀찍이 떨어져 앉았지만 그들 목소리는 실내를 텅텅 울려 우리 사이에 끼어들었다. 동주가 힘들어하는 게 보였지만 그래도 전과 다르게 불평불만을 꺼내지는 않았다.

"한 달 동안 잘 쉬었어."

동주는 지금 생활에 만족한다고 했다. 일반적으로 편하게 쉬어 좋다는 마음은 사회에서 아무 일도 하고 있지 않아 자기 효능감이 전혀 없다는 죄책감에 쉽게 잡아먹히곤 하는데, 오늘의 동주는 적어도 그렇지 않아 보였다. 다만 "돈이 떨어지고 있는 점만 불안하다"고. 그래서 동주는 집 주변에서 알바할 수 있는 일자리를 찾아보고 있다고 했다. 그러면 용돈도 벌면서 정해진 시각에 나가야 하니 생활도 낮으로 바꾸고 좀 더 건강하지 않겠냐고.

나는 내가 일하는 식당에 자리가 나면 거기서 일 해보지 않겠냐고 했다. 아까 몸 쓰는 걸로 봐선 무리가 없을 것 같았다. 동주는 긍정적인 반응을 보였다. 친구로서 나는 동주가 사회 관습적 가치관에 맞는 직업보다 건강하고 자신에게 이득이 되는, 다시 말해 육체적인 일을 하며 심적으로 평온했으면 했다. 사무실에서 고개를 구부릴 자유와 시간이 보장되는 편한 일보다 몸 쓰고 땀 흘리는 일이 건강에 좋다는 게 내 개인적 견해였고 유전자 염색체가 파란색으로 물든 사람은 식당 일을 하면서 씩씩하게 소리 좀 지르고 하면("어서 오세요!") 좀 나아진다고 생각했다. 할맥을 나왔다.

동주의 집으로 돌아와 구조 변경을 마치고 난 컴퓨터방에서 나는 누워서 좀 쉬었고, 동주는 게임을 켰다. 방을 정리하다가 나온 플라스틱 바구니에는 내가 동주에게 보냈던 소설 원고들이 고스란히 보관돼 있었는데, 갈색 종이봉투에 담긴 그것들은 내가 죽으라고 동주에게 보냈구나 하고 속으로 웃었다. 너무도 인기 없는 내 장편은 퇴고할 때마다 제목을 바꿨는데 그 판본이 세 개는 있었다. 〈농악〉이란 제목으로 시작한 장편은 〈상업 농악〉에서 〈재밌는 소리가 나요〉로 변해 있었다. 마찬가지 막냇동생 문교에게도 그처럼 탈고하고 제목을 바꾸는 대로 보냈는데 문교는 그것을 보고 "문장이 다듬어지고 빠지는 내용이 있는데 큰 틀에선 같고 나는 사실 처음 게 젤 나아"라고 했다. 동주는 따로 대답해준 적이 없었다.

그리고 플라스틱 바구니에는 고등학교 졸업 앨범도 있어서 언제 열어봤는지 기억도 나지 않는 앨범을 오랜만에 열어봤다. '아! 이런 친구가 있었지.'의 연속으로 나는 고등학교 친구들을 거의 완전히 잊고 지냈단 걸 깨달았다. 그들의 얼굴은 기억 속에 희미했지만 친구들에 관한 인상만큼은 콩떡에 박힌 서리태처럼 비교적 선명했다. 잊고 지냈던 이름들은 다시 불러보면 학창 시절 교실로 돌아가는 듯 혀에 익숙하게 남아 있어 금세 친근해지는 이름들이었다. 나는 브리트니아 백과사전 동물편을 펴본 놀라움으로 졸업앨범을 끝까지 다 봤다.

  동주는 인생 게임이라는 〈레드 데드 리뎀션 2〉 게임을 보여줬다. 어디에선가 본 적 있는 그 게임은 미국 서부개척시대의 카우보이와 도적 떼를 배경으로 하는 것 같았는데, 최신 언리얼 엔진으로 그린 게임 세계는 실제 사막 시대에 온 듯한 경험을 선사해 줬다. 나는 그 게임이 정해진 시나리오 플레이만 있는 줄 알았는데 동주는 온라인 플레이도 가능하다고 했다. 동주는 어느 세계로 들어가 네임드 PK를 잡는 이벤트에 참여했다. 어느 황량한 사막 한가운데 카우보이 주점으로 가 PK를 샅샅이 뒤졌다. 어떻게 된 일인지 2층 베란다 앞에서 바로 마주친 PK를 동주는 바로 앞에서 몇 번의 총을 쐈지만 비무장 PK를 죽이지 못했고 잠시 후, 무장하고 나타난 PK에게 거꾸로 죽임을 당했다. 그 후로 PK는 귀신이 들렸는지 동주가 리스폰 되자마자 어디선가 나타나 동주를 한 발 또는 두 발 그게 아니면 폭탄 한 방에 죽였는데 동주의 캐릭터는 거의 살아나자마자 죽기를 열

번은 반복했다. 너무나도 무기력한 모습이었다.

"중국놈들 핵쟁이들이여."

"그 게임에도 핵이 있어?"

"다 있지. 중국놈들은 다 핵쟁이들이여."

동주는 그리 분노하진 않았지만 계속해 죽는 모습에 PK 잡기 이벤트가 완전히 종료되고 나서야 드디어 살아서 돌아다닐 수 있었지만 별로 하는 일도 없어 보였다. 나는 나른한 방바닥에서 졸다가 이내 일어나 청색집을 떠났다.

바다이야기

 거부할 수 없는 분출이었다…… 중남미의 어느 화산섬, 땅과 하늘 모두 산고를 겪는 듯 심하게 요동치고 바위 구르는 소리, 천둥 울리는 소리가 천지에 요란하다. 거대한 규모의 공포가 주민들의 살을 에고 끝끝내 잿빛 뭉치가 산꼭대기로부터 뿜어져 나오는데 그것의 높이는 구름을 뚫고도 한참을 멀리 튀어 오른다. 우지끈, 무언가 부러지는 소리가 사방에서 들리고 분출이 시작된 분화구는 쉴 새 없이 회색 잿더미를 폭발시키는데, 수 킬로미터 밖으로 도망간 사람들의 입에선 절로 와, 하는 탄성이 나온다. 그들의 혀도 소박하게나마 분화구를 따라 해보는 것이다.

온통 회색의 부스러기 암석 속에서 무언가 이색적인 금빛 괴물이 드디어 제 모습을 드러내는데 그것은 분화구 담벽을 아귀힘으로 쥐고 경사면을 따라 미끄러져 넘어오고, 마그마는 닿는 모든 것을 모조리 씹어 삼키며 그 튼튼한 이로 우지끈 나무도 부러뜨려 먹는다. 쓸어 담는 능력에선 가히 비견할 자가 없다. 철철 쏟아져나오는 그것, 땀을 뻘뻘 흘리며 열심히 일하는 액상 화염은 유황과 자석의 악취를 뿜으며 주변을 온통 뜨겁게 달구고, 집어삼킨 것을 벗 삼아 크고 작은 돌길을 자취 남긴다. 오직 지표면만을 열렬히 탐닉하는 마그마는 화산섬 모두를 뒤덮을 기세로 뻗어 나갔다. 대지를 훌쩍 뛰어오른 화산재는 인간의 이해범위와는 작별을 고한 듯 고요하고 우아한 자태로 그따위 매캐한 연기를 천공에 증폭시키는데, 그 버섯구름 뒤에선 무한한 층수의 우주빌딩이 한없이 붕괴되고 있는 것만 같다. 침묵으로 일관한 채 너른 영역으로 번지는 돌먼지는 천사도 악마도 기형의 존재도 균일하지 않은 형상 속에 움켜쥐고 있으니 이 장관을 두고 경탄은 이제 집으로 돌아가자고 했다.

"가자, 이만하면 됐어!"

"벌써? 이제 저것들이 오고 있어. 화산재를 가져갈 수도 있을 거야. 이제 아니면 평생 못 볼지도 몰라. 뭐가 급해? 평생 못 볼 수도 있다고!"

....

 우리가 멀어진 데에 특별한 계기는 없었다. 나는 거의 인생의 종점에 와있는 기분이었고 바다는 종잡을 수 없는 모습으로 여전히 펄펄 날뛰고 다녔다. 그렇다고 내가 뭘 많이 해본 것도, 나이가 많은 것도 아니었다. 삼십 중반이었고 이쯤이면 보통은 한창때라고 할만한 그런 나이였다. 그럼에도 마음의 방황은 날이 갈수록 심해졌고, 삶은 목적을 상실해 갔으며 마음에도 없는 회사 일은 더더욱 마음에서 떠났다.
 일이 할 만하지 않은 건 아니었다. 어떻게 보면 그 하찮은 노동이라고 하는 것이, 단지 계약서를 작성했다는 이유로 해야만 하는 그 잡무가 삶을 지탱해준 점도 있었다. 당장 내가 아니면 오늘 누가 쓰레기통을 비울 것인가? 세상에서 제일 조잡하다고 할 수 있을 책임감이 목숨 부지를 시켜주고 있었다. 그러나 바다는, 간만에 만난 바다는 여전히 도둑질을 꿈꾸는 열병의 미친놈처럼 바다라는 이름을 가진 사내가 그렇듯 자애로운 면모 없이 사납고 날카로웠다. 입만 열면 튀기는 아밀라아제, 찰찰거리며 튀기는 그 침과 목소리, 혀를 웅크렸다 내뱉는 거친 말투, 바다는 나이를 먹을수록 복수심에 불탔는데 복수할 대상도 없이 그저 복수심에 불탔다는 게 그의 특징이었다. 찰찰거리는 바다는 종각의 한 물고기집에서 회사 사람을 욕봤다. 그러한 정열이 부러웠다. 내게도 욕할 거리는 가득했지만 그것은 또 심하게 편파적인 구석이 있어서…….

"경탄아, 야, 시팔, 그 사장 새끼가 아주 진상이여." 바다는 성인 오락실에서 직장을 다녔다. "지 배때지만 알아서 아주 진절머리가 나는 새끼여. 그 돼지 새끼 멱을 따고 어디로 숨어버려야겠어." 바다는 이미 전과가 있는 친구였다. 그렇다고 그렇게 심한 범죄는 아니었지만 그래도 그는 그것을 가지고 허세를 부렸다. 인간을 이해하고 사랑하고 존중해야 한다는 통통 윤리를 기계적으로 행하는 나는 숙변이 가득한 인간처럼 연신 입바른 소리만 해댔다.

"그 사람도 자식이 있다며. 저번에 그러지 않았어? 다 제 자식을 위해 그러는 거야. 너도 알잖아."

"……."

바다는 자식 얘기만 하면 입도 뻥긋하지 못했는데 거기에도 죄목이 있었기 때문이다. 아이 얘기만 나오면 그 생각으로 3분은 안절부절못하며 정지해버렸다. 그러나 4분째에는 "그 새끼가 내 새끼야? 난 몰라. 뒤지게 패주고 때

러치울 거야." 내가 알기론 경력도, 별 볼일도 없는 바다를 거둬준 게 그 사장이란 사람이었다. 바다가 그렇게 얘기한 것도 분명 기억이 난다. ("그분이 날 써주겠데! 그냥 나 사람만 봐서! 잘하면 키워주겠다고도 했어! 사업도 확장할 거래!") 그런데 이제 와서 이렇게 나온다고? "뭐 때문에 그러는데?" 바다의 말로는 사장이 오락실 환전소에서 그의 물건을 바다에게 들이밀었다는 것이다. "잘못해서 어쩌다 닿은 거 아냐?" 바다는 사장이 남색가라고 했다. 남색가? 맞아?

"맞다니까! 야! 씨팔 내 말 못 믿냐? 그 씹쌔끼가 디밀었다니까!" 더 들을 것도 없었다. 그 뒤론 심한 험담과 믿을 수 없는 허풍이 이어졌다. 알아들을 수 없는 말도 했다. "감히…! 누굴 건드려! 내가 먼저 가야지. 선택하려면 내가 해야지! 지가 뭔데 나한테 그래!" 그러니까 바다는 남색을 하여도 자기가 해야 한다는 것이었는데, 그는 전혀 남색가가 아니었다. 들나 마나 한 이야기였다. 솔직히 나는 바다의 말을 잘 믿지는 않았다. 그 '톰'이라는 인간과 사귀었다는 일화도 완전 허구라고 생각한다. ("이태원에서 어느 외국인이 먼저 접근한 거야. 생각이 완전 바뀌었어. 웬만한 한국 남자보다 이쁘장하니까 남자로 안 보이더라니까. 너도 해보면 알아.")

나는 그에게 던져줄 전에 없는 욕지거리들이 생각났지만 아무런 이야기도 하지 않고 그저 사이다만 비웠다. 진심으로 나는 거의 모든 것을 체념하고 있었다. 세상이 그렇게 싫은 것도, 사람이 싫은 것도, 바다가 들려주는 헛소리들이 싫은 것도 아니었지만 왠지 모르게 줄곧 체념의 바닥 깊이까지 빠져있었다. 사람들의 마음과 잘 이어지지 않는 기분이랄까, 붕- 뜬 느낌이랄까, 이 모든 걸 그들과 떨어져 위에서 내려보는 느낌이랄까, 아래로 가는 계단이 없는 고층에서의 공허라고 할까, 그런 기분에 휩싸여 있었다. 그래서 정말 "두들겨 패주자!"는 바다의 전화를 받았을 때도 그냥 그러자고 할 수 있었다.

바다와 일을 꾸미기로 한 날까지 딱히 그것에 대한 생각도 들지 않았다. 이러면 어쩌지, 저러면 어쩌지 하는 생각도 없이 "밧줄만 준비해달라"는 바다의 부탁에 밧줄을 준비했다. 그러고도 나는 또 쓰레기통을 비웠고 싱크대를 세척하고 바닥을 밀었다. 어차피 뭘 열심히 한다고 한들 진짜 만족을 주지는 못했다. 사람들이 인정해주고 감사하다고도 했지만 이들과 마음이 이어지지 않는다는 괴로움만 컸다. 허구와도 같은 나날이었고 참으로 뜻 없고 행복한 나날이었다. 나는 세상에서 벗어나고 있었다.

바다를 처음 만난 것은 소싯적 월드컵 경기장의 수영장

에서였다. 체력을 기르겠다고 시작한 수영반의 조교가 바다였다. 시범을 보이는 그는 타일에 척척대는 발바닥이 요란한 수영장 뜀틀에 올라 그 단단하고 군살 없이 매끈한 몸을 —박싱 팬츠에 수영모를 쓰고 있었다— 약품 가득한 냉탕 속으로 현격히 몸을 집어넣는 모습은 참으로 대단한 사람 같았다. 그는 물속에 들어가서도 한참을 나오지 않았고 신기하게도 수면에 파형을 만들지 않으면서 앞으로 멀리 나아가서 레일의 반쯤을 가서야 고개를 내밀고 겨드랑이로 물을 가르며 접영으로 끝까지 헤엄쳤다. 끝에 가서는 몸을 쑥 웅크리고 수영장 벽을 유려하게, 유려하고도 탄력 넘치게 벽을 차고 반대로 터닝을 했다.

그렇게 건장한 체격의 바다가 한 남자를 패겠다고 왜 나를 부른건지 모르겠다. 로프는 회사에서 물건을 묶기 위한 용도로 많이 구비돼 있었다. 나는 그것 한 묶음을 풀어서 어느 정도 길이, 필요할 성싶은 길이로 잘랐다. 손을 포박할까? 아니면 허리까지 둘둘 맬까? 아무래도 긴 게 좋겠다 싶어 줄을 최대한으로 잘라 가방에 넣었다. 그렇다고 너무 길면 무거우니 적당히 잘라.

오락실은 중구 신당동에 있었다. 바다는 평소와 같이 칩과 현금을 교환해주고 고장난 기계가 있으면 고치기 위해 자리를 지켰다. '앞이야. 들어가?' 나는 바다에게 문자를 보냈다. 바다는 '들어오진 마. 어디 가서 좀 돌아다니고 있어.' 라 해서 힘을 쓰기 전에 든든히 먹어두자고 식사를 하러 갔다. '얼마쯤 걸릴까?' 바다는 한 시간쯤은 더 있어야 한다고 했다. 손님도 많고 사장도 아직 나오지 않았다고.

나는 알고 있는 집으로 갔다. 거리가 조금 있지만 갔다 오기에 충분한 시간이었다. 떡볶이 골목을 멀리 지나 짜장 떡볶이 집으로 갔다. 유명하고 오래된 집이어서 장사가 잘 됐다. 몸을 쓰려면 탄수화물이지. 나는 짜장 떡볶이 2인분과 야끼 만두 1인분을 시켰다. 순대도 시킬까 하다가 다 먹지 못할 것 같아 그만뒀다. 가격도 무척 싼 가게여서 그래도 만원이 넘지 않았다.

"떡 좀 많이 주세요."

이 집은 육수가 진국이었다. 무얼 넣었는지 육수를 아주 잘 끓여 떡볶이 국물을 냈다. 국물에서 깊은 맛이 난다. 짜장 국물에 담가 먹는 야끼 만두도 일품이었다. 안에 든 것은 거의 없지만 국물을 잔뜩 먹인 밀가루 튀김이 아주 맛이 좋았다. 가게 분위기는 기본적으로 오래된 초등학교 앞의 분식집이어서 때가 잔뜩 탄 가구들이 다닥다닥 붙어있었다. 테이블 간격이 거의 어깨가 닿을 정도였다. 나는 테이블 말고 벽에 붙은 일자형 바 자리에 앉아 먹었다. 가방을 메고 먹은 나의 탓도 있겠지만 한 육중한 돼지 녀석이 들어

오면서 나를 치고 갔다. 어라, 사과가 없었다. 뭐, 먹는 데는 문제가 없었지만 기분이 나빴다. 적어도 어깨가 잡아당겨질 정도로 쳤는데 일언반구도 하지 않은 것은 기분이 나빴다. 돼지 놈은 자리에 앉더니 바로 주문을 하는데 목소리는 또 어찌나 우렁찬지 무슨 정육점 사장이나 국밥집 주방장 같은 포스를 풍겼다.

부아가 치밀었지만 선뜻 나서지는 못하고 돌아서서 메뉴판을 보는 척 그놈의 상판때기를 훑었다. 마주 보고 앉은 동료도 있었다. 길쭉한 사내인 게 그놈은 말이었다. 거무튀튀한 피부에 기름이 좔좔 흐르는 말 근육. 돼지에 말이라니 무서울 게 없는 조합이었다. 그래서 저렇게 매사에 함부로고 두려움도 없구나. 주문을 하는 것도 아가리를 터는 것도 화통을 삶아 먹었는지 자기들 세상이었다. 그리하여 수영선수 출신 전과자 친구가 있는 나는 목표를 변경하겠다고 마음먹었다. 나에겐 두 사람을 넉히 묶을 밧줄이 있었다. 길게 준비한 것은 잘한 일이었다.

포크를 떡볶이에 찍고 탄수화물 섭취를 중단한 뒤 '나 좀 먼저 도와줄 수 있을까?' ('뭘?') '여기 먼저 작업 좀 하자.' 나는 '작업'이라는 단어를 단 한번도 쓴 적이 없었다. 그런 걸 이런 용도로 사용한 적도 없었고, 사회에서 폭력을 행사한 적도 없었다. 그런데 어째서 바다에게 부탁을 할 때

바다이야기

그런 말이 떠올랐는지 모르겠다.

'여기 먼저 급해. 시비 붙었어. 짜장 떡볶이. 알지?'
'지금 못 가. 가게잖아.'

나는 생각을 하느라 답장을 안 했다. 금방 뒤에 바다는 '싸움이 난 거야?' 물었고 '그런 건 아니'라고 답했다. 그리하여 어쩔 수 없이 다시 탄수화물을 섭취했다. 떡볶이에 튀김, 순대에 어묵까지 마시듯 해치운 돼지는 10분도 안 돼 다 처먹고 자리를 떴다. 그래 니가 무얼 하나 보자. 이번엔 어떻게 하나 보자. 역시나 돼지는 도륙하면 최고급 지방이 나올 것 같은 그 거대한 허벅지로 매섭게 가방을 치고 나갔다. 좋다. 잘했다. 돼지는 밖으로 나와 계산을 하면서 사장님께 육수를 뭘로 냈느냐, 비법 좀 알려달라, 폭풍 너스레를 떨며 설사를 처댔고 사장님은 곤혹스러워하셨다. 나는 이르게 일어서 "계산이요!!" 말을 끊어버렸다. 그리고 돼지와 말을 뒤따라갔다. 지들끼리 무엇을 말하는지 대화에 여념이 없었다. 아마도 육수에 들어갔을 육두구 등의 향신료를 가늠해보는 모양이었다. 입장을 바꿔놓고 생각해보라. 당신이라면 기분이 안 나쁘겠냐. 사과를 바란다. 뭐 이런 얘기를 할 셈이었다. 돼지와 말, 건장한 녀석들은 뒤에서 보니 키가 엇비슷해서 목이 시작해서 끝나는 대롱이 대충 나란했다. 그래서 나는 로프를 길게, 둘레를 크게 잡아 둘의 머리 위로 던져 그대로 낚아채면 한 번에 두 놈을 잡을 수 있겠다 싶었다. 그리하여 나는 매듭을 만들었다. 풀리지 않는 긴, 긴 매듭을.

크게, 크게, 매듭 고리에 줄을 밀며 크게, 크게, 둘레를 만들었다. 한 번에, 딱 한 번의 기회가 있어. 딱 한 번에 낚아채야 해. 순간에 줄을 당겨서 발바닥으로 저놈들을 밀면 승산이 있다. 두 놈의 목이 부러져라 당기면, 그럼 되는 거야. 그리고 아까 나한테 왜 그랬냐고 타박해야지. 밧줄을 심하게 묶어서 풀지 못하게 하고 되는대로 몰아세워야지. 이걸 뭐라고 해야 할까? 무시 받아서? 그래, 돼지가 나를 마치 의자 부품이라도 되는 양 그냥 밀치고 가서지. 내가 로프를 가진 사람인지도 모르고 말이야. 본때를 보여주겠어. 나의 진면목은 팔뚝이란 걸.

돼지와 말은 청구역 앞 사거리에서 신호를 기다렸다. 딱 잡기 좋은 구도였는데 사람들이 있어서 일을 벌일 수 없었다. 나는 올가미를 손에 두르고 태연한 척 있었다. 무게가 꽤 나가서 생각보다 힘을 주고 있어야 했다. 때리는 용도로 사용해도 좋겠다 싶었다. 그래, 그래, 거기다. 옳지, 그리로 가야지. "수백을 구해서 힘을 실어주면……." 무슨 얘기를 하면서 돼지와 말은 골목으로 들어갔다. 여기다! 강단이 필요해! 지금이야! 나는 더 지체하다가는 생각이 많아져 일을 그르치고 말 거란 판단에 스스로의 예상보다 빠르게 올가미를 던졌다. 멋지게 던졌다, 유목민이 짐승을 잡을 때처럼 왼손으론 줄을 쥐고 오른손으로 쭉 뻗었다. 밧줄은 단순하면서도 화려하게 회전하며 펼쳐졌고 돼지와 말의 머리 위에 딱 좋게 활짝 열려서 그들의 귀를 통과해 어깨에 안착했다, 딱 좋게.

나는 잽싸게 밧줄을 당겨 올가미를 졸랐다. 이게 뭐야? 하는 돼지는 약간 어리둥절하며 끈을 풀려는 그 1초도 되지 않는 찰나에 나는 우다다 뛰며 올가미를 조였고 두 놈의 머리통은 서로 가까워지다가 어깨가 마주하면서 말이 돼지 쪽으로 붙었다. 올가미가 한 뼘 내로 급속히 작아지는 순간 허나 말의 뒤통수를 쓸고 그놈의 머리통이 빠져나가 버렸고 돼지 목에만 밧줄이 걸렸다. 돼지만 잡은 것이다. 순식간에 나는 그것을 더욱 최대한으로 꽉 조였다. 뒤통수가 쓸린 말은 —심하게 아팠을 것이다. 아마도 머릿가죽이 벗겨졌을지도 모른다— "아! 뭐야 시발!" 갈기털을 쓸며 눈깔을 부릅떴다. 노한 자의 맹렬한 눈빛이었다. 하지만 말이 먼저 나를 잡기엔 문제가 있었던 게 옆의 돼지 즉, "형님"이라는 사람이 올가미에 묶여 "캑캑"대면서 얼굴이 팽창되고 있었기 때문이다. 나는 줄을 당겨 풍선의 끈이 터져라 꽉 졸라맸다.

말은 점프를 뛰어 나에게 달려들었고 나는 줄을 놓고 민첩한 속도로 빠져나갔다. "뭐야 이 미친 새끼야!" 나는 도망갔다. 말은 돼지 멱을 조인 로프를 풀기 위해 돼지의 목에 매달렸다.

"야이 돼지 새끼야! 사람을 쳤으면 미안하다고 해야지! 다음부턴 그러지 말아라, 돼지야! 다음엔 아주 혼줄을 내주겠다! 너 여기 살지! 조심해!"

매듭을 풀려는 말도 연신 "캑캑" 대는 돼지도 내 말을 들었는지 모르겠다. 돼지는 눈알이 조금 튀어나왔고 얼굴이 보랏빛으로 질식해갔다. 퉁퉁한 목살의 줄을 풀려고 아주 질색팔색 날뛰었다. 나는 그것에 조금 불쌍한 마음도 들었다.

곧장 자리를 떠서 그 속도 그대로 청구역으로 뛰어 내려갔다. 몇 발 가서 아, 이게 아닌데 하는 생각이 들었다. 나는 마치 이 짓을 하려고 여기 온 것으로 잠시 착각을 했던 것이다. 그렇지, 나는 바다에게 볼일이 있었다. 말이 대기를 타고 있을까봐 들어온 출구로 돌아 나오지 못하고 청구역 안으로 깊숙이 들어가 반대편 출구로 나왔다. 맞은편에는 이미 급하게 날아온 응급차 한 대가 와 있었다(근처에 병원이 있었다). 목줄을 푼 것인지 아닌지는 확실치 않았다. 그러나 나는 단 한 가지 이상하게도 돼지가 조금 불쌍

하다는 마음이 있었다. "그러길래 누가, 누가 함부로 그러래? 잘못 걸린 거야!"

나는 바다에게로 갔다. 바다는 연락이 없었다. 나는 그냥 그의 오락실 문을 열고 들어갔다. 바다는 막 들어온 것에 대해 나무라지도 당황하지도 않았다. 가게 안에는 공사판을 땡 치고 온 인부들이 몇 있었다. 바다가 물었다. "밥 먹었어?" 참 다정한 말투였다. 응 먹었지. 사장님은 안 왔어? "원래 화요일마다 오는데 오늘은 안 오시네. 매장을 몇 개 가지고 있는데 화요일마다 여기 오거든. 오늘은 딴 데를 가셨나 봐! 이런 적이 없는데."

"그럼 어쩔 수 없네." 나는 쉽게 단념하는 사람이었다. "다음 주를 기약해야겠네." 또 미련 없이 다음을 준비하는 사람이었다.

"그래… 미안해서 어쩌지… 그 씨부랄 것을 오늘 족쳤어야 했는데!"

나는 확실히 하고 싶어 '그런 일'이 또 있었느냐고 물었다. "무슨 일……?" 바다는 모르는 눈치였다. "저녁이라도 먹고 갈래? 여기서 먹어야 하지만 시켜 먹으면 돼." 전혀 그런 생각은 하지 않는 듯했다.

피범벅이 되도록 패준 것은 다음 주가 돼서였다. 선생님의 관자놀이와 이마에선 피가 흘렀고 상판은 완전 피떡이

되셨다. 나는 단 한 차례의 폭력도 행사하지 않았고 단지 조금의 도움을, 거드는 역할을 했을 뿐이었다. 선생님의 피는 진하고 탁한 검은 색이었다. 심장에서 최초로 뿜어 나온 적혈구가 몸속의 숱한 찌꺼기를 수거하고 더러워진 것은 선생님은 그리 오래 사실 분은 아니었다. 그것은 피부를 타고 또로록 떨어지지 않으면, 그리고 무엇보다 주먹으로 뭉개어 펴 바르지 않으면 순수한 검정에 가까울 탁도였다. 참으로 안타까운 방울이었다. 으스대기 위해 그런 된장을 모은다라. 그는 참으로 오락실 몇 개 운영하고 애들 좀 굴린다고 한 시도 쉼 없이 뻐대고 으스대는 그런 부류의 사람이었다. ("너는 누구여? 바다 친군가? 고놈 귀엽게 생겼네. 너는 뭐 먹고 사냐? 일 필요하면 말혀.") 부러웠다. 선생님의 단순하고 편협한 시각이 부러웠다. 나의 경우엔 차라리 매사에 겸손을 유지함으로써 조용히 굴종을 택하는 편이어서 피는 맑았으나 삶이 미끄러져 나갔다. 나는 선생님의 어리석은 대범함이 부러웠다.

그사이 바다는 선생님 주머니에 있는 현찰을 모두 빼앗고 오락실의 돈 통도 모두 꺼내서 "가자!"고 했다. 우리는 환전실 문을 드르륵 조용히 열고 나왔는데 매장 안 손님들은 안에서 무슨 일이 있었는지 전혀 모르는 눈치였다. 왜냐면 평소에도 시끄러운 삐용삐용 오락기 미디음과 또로록

비트 소리에 더해 그날에는 헤비메탈까지 크게 틀어놓았기 때문이었다. 오락기에 정신 팔린 단골 인부들은 앞에서 굴러가는 그래픽 말고는 오락실이 다른 날과 무엇이 다른지도 알지 몰랐다. 우리는 오락실 기계 뒤편에서 소라색 셔츠와 헐렁한 검은 바지로 환복을 하고 나갔다. 입고 있던 옷은 오락기 밑에 아무렇게나 쑤셔 넣었다. 바다는 아예 씨를 말리겠다며 경찰에 신고까지 했다. 사법적 위반 사항이 많다는 것을 바다는 잘 알고 있었다.

"그런데 이 옷은 뭐야?"

"이러면 안 잡혀. 가다가… 경찰이 보이면… 아무 사람이나 잡고 말 걸면 돼."

큭큭, 웃음이 나왔다. 이 스타일은 누가 봐도 증인룩이었기 때문이다. 이것만 입고 둘이 다니면 길이 열리는 그런 복장이었기 때문이다. "내가 아무나 잡을 테니까 너는 복이 많다고 해! 자, 가자! 빨리빨리, 시간 없어!" 바다는 오락실 문을 박차고 나갔다. 나는 강릉으로 가나보다 싶었다. 의례 떠난다면 그런 곳으로 가지 않겠는가? 내 편견인가? 아무 택시나 붙잡은 바다는 "인천공항으로 가주세요. 기사님."이라고 했다. 아하, 그래서 비자를 챙겨오라고 했구나. 바다는 "두 장을 끊었고 전 재산을 환전했어. 너는 갔다가 돌아와도 좋아. 그건 너 맘이야. 하지만 난 거기서 살 거야… 화산이 터질 거래! 너 그런 거 본 적 있어? 진짜 화산 말이야!"

"어디로 가세요, 선생님들?"

바다는 "중남미요! 기사님 기사 보셨어요? 카리브해에서 화산이 터진대요! 거기서 곧 화산폭발이 있을 거라고 합니다! 저희는 거기에 가요!"

나는 정말이지 아무 생각이 없었기에 그런 것을 보기 위해 거기까지 간다는 것에도 별 마음이 없었다. 가도 좋고 가지 않아도 좋았다. 가면 해외여행을 할 수 있어서 좋았고 가지 않으면 회사에 계속 다닐 수 있어서 좋았다. 비행기에 탑승하는 것까지도 전혀 문제 되는 게 없었다. 우리, 동일복장의 두 남자는 한낮의 열기가 쭉 빠지면서 피로에 지쳐 공중에서 금방 잠이 들어버렸다.

우리는 트리니다드 토바고를 찍고 활화산이 기다리고 있는 세인트빈센트 섬으로 갔다. 열대나무가 우거진 해안가에서 화산의 분출을 기다렸다. 때때로 확성기에선 경보음과 경고를 안내하는 메시지가 나왔고 그러면 우리는 화산을 보며 폭발이 일어나는지 확인했다. 카리브해의 저녁노을은 맑고 투명한 분홍으로 지평선을 물들였고 바람은 수우- 불며 큼지막한 야자수 잎사귀를 떨어뜨렸다. 흰 모래가 묻은 게들이 집게발을 들고 모래사장을 횡단했고, 땅을 파고 들어가는 가재 같은 것도 보였다. 바다는 지칠 줄 모르고 헤엄을 치며 분홍 카리브해를 온몸으로 헤집었다.

밤에는 야자수가 있는 식당에서 저녁 식사를 하며 맥주와 애플 사이다를 곁들였다. 주민들은 그들이 쓰는 류트 같은 것을 들고 돌아가면서 연주를 했다. 한 여인이 한국 문화에 관심이 있다며 우리에게 접근했다. 나와 바다는 잘하지 못하는 영어를 사용하며 좋은 시간을 보냈다. 여인은 처음에 바다에게 관심 있는 듯하더니 이내 나에게 달콤한 말들을 달링, 허니, 뭐 이런 것들을 건넸다. 여기선 흔히 쓰는 거려나? 그녀는 분위기에 점점 무르익으며 움직임이 부드러워졌다. 어느 순간이 되자 내게는 착시 같은 것이 일었는데 그녀의 움직임에서 숙성이 잘된 위스키의 감미로움 같은 것이 눈에 띄기 시작했다. 참으로 매혹적인 여인이었고 나는 그녀의 부드럽고 가무잡잡한 살결을 무심하게 두어 번 쓸어넘겼다.

바다는 무대로 나가 그녀와 춤을 췄는데 허리를 잡은 바다의 손이 그녀의 꽃무늬 원피스를 들었다 떨어뜨렸다 손가락 사이로 원피스를 쥐어보기도 했다. 그들은 한참을 신나서 춤을 추고 자리로 돌아왔다. 바다는 그녀와 가까워 보였고 나는 그녀가 나에게 했던 달콤한 말이 지금에도 유효한지 재차 확인하면서(그녀에게 특별한 관심은 없었지만 나에 관한 호감은 계속되길 바랐다) 다음 연주자의 살랑살랑한 음악에 맞춰 그들을 보았다. 바다는 나를 두고 그녀를 바다로 불렀다. "Leave him, leave him!" 바다의 손을 잡은 그녀는 그를 따라가면서 뒤돌아 나를 봤고 나는 배시시 웃는 것밖에 할 수 없었다. 밤바다로 간 그들의 목소리가 검은 해안 절벽 뒤로 사라지는 것이 들렸다. 나는 이곳이 마치 종말 앞에 선 지상낙원 같다고 생각했다.

폭발이 예정된 시각이 돼서 우리는 차를 빌려 화산 가까이, 안전지대 끝까지 갔다. 활화산이 잘 보이는 그곳은 성이 난 분화구가 벌써 황소 콧김을 쿨렁쿨렁 뿜어내고 있었다. 공기는 맑았다. 티 없는 청정이었다. 우르르… 우르르… 땅 구르는 소리와 진동이 이어졌다. 곧이어 폭죽과도 같은, 어찌 보면 태초의 거룩한 신께서 콧방울이 터지기라도 한 그런 우스운 터짐이 발생했고 그 장난스러운 것을 발동 삼아 엄청난 폭발이 이어졌다. 전혀 앞뒤가 맞지 않은 그런 폭발이었다.

거부할 수 없는 분출이었다…… 그 작은 구멍 안에 그만한 양의 마그마를 집대성했다는 사실이 도무지 믿기지 않았다. 쑤욱- 하고 올라온 화산재는 높이, 더 높이, 또 높이로 올라가 온 하늘을 뒤덮었다. 다했겠지 싶을 만큼을 훌쩍 넘어서도 대량의 마그마는 계속 쏟아져 내렸다. 폼페이가 망한 것이 즉각 납득이 갔다. 마그마는 고속으로 대지를 집어삼키며 우리 쪽으로 미끄러졌다.

"이제 가자! 이만하면 됐어!"

"벌써 가자고? 이게 마지막일지도 몰라!"

"뭘 또 봐. 볼 건 다 봤어. 이제 저걸 계속하는 거야. 가자, 바다야, 차에 타!"

"아니. 난 더 가까이 갈래. 넌 여기 있어. 차 키 줘."

"그러다 죽을 수 있어. 뭘 더 가까이 가. 여기가 끝이야. 우리가 서 있는 이 지점이 우리가 갈 수 있는 끝이라고. 왜 더 간다는 거야?" (당시 나는 왜냐는 물음이 많았다. 왜였는지는 모르겠다.)

"씨발, 빨리!" 바다는 재촉했다. "이러다 끝나겠어. 화산이 멈춘다고." 그는 내 호주머니를 뒤져 알아서 열쇠를 챙겼다. 손동작은 거칠었다. 바다는 가이드라인을 넘어, 경찰의 제지를 넘어 화산을 향해 밟았다. 아무것도 없는 차도를 쭉쭉 뻗어 나가는 짚차는 통, 통 빠른 속도로 날아갔다. 그 돌진에는 어딘가 참으로 황량한 구석이 있었다. 구릉을 넘은 바다는 더 이상 보이지 않았다.

폭발은 계속됐다. 처음과 같은 엄청난 양의 분출은 아니었지만 마그마는 꿀럭꿀럭 토해내는 피처럼 앞의 마그마를 되덮으며 계속해 나왔다. 나는 집으로 향했다. 나는 언제나 배신을 꿈꿨다. 페달은 먹히지 않을 것이었다. 브레이크를 푼 것은 순간의 기지였다. 그러나 연결쇄를 자를 때 이것이 확실한 전환점이 될 거란 직감이 들었다. 불에서 헤엄칠 바다를 상상하며 나는 집으로 향했다. 불의 고리를 수놓을 그의 육신은 마음 아팠지만 나는 그것이 그에게도 좋은 일이라 믿기로 했다.

오리배

 젖탱이 개돼지는 자신을 표현할 줄 모르고, 자신을 통제할 줄 모르고, 자신을 내려놓을 줄 모르고, 소리 내 울 줄 모르고, 정당히 분노를 표출할 줄 모르고, 그 모든 배출 어느 것도 몰랐다. 젖탱이 개돼지는 참다운 자신을 찾을 줄 모르고, 열린 길에 설 줄 모르고, 자신을 꾸밀 줄도, 거짓말을 할 줄도 몰랐다. 내 아버지는 그랬다. 방구석에 앉아 컴퓨터만 하며 짜장면, 고기만 좋아하는 내 아버지, 내 아버지는 그랬다.

 쉬 잇 미 에브리데이.
 오 리얼리? 아이 엔비 유.

쉬 잇 미 예스터데이.
오 리얼리? 아이 엔비 유!
에브리데이, 에브리데이, 쉬 잇 미.
아이 리얼리 엔비 유! 아이 리얼리 원트 비 유!

    젖탱이 개돼지는 자신이 외국인 친구를 사귀었다며 나를 옆에 두고 컴퓨터 화면을 보라고 했다. 초등학교 정규 과정에서 영어를 배운 나는 이 정도 영어가 과연 현지인 영어인가 하는 의문이 들어 뜨뜻미지근한 반응을 보이니 젖탱이 개돼지는 나를 나가라고 했고 젖탱이는 다시 컴퓨터에 빠져 희희덕대며 좋다고 타자를 쳤다. 아버지의 뒷모습에 어린 젖탱이 개돼지는 자극을 좋아했고 컴퓨터를 좋아했고 핸드폰을 좋아했고 음식을 좋아했고 앉아 있는 걸 좋아했고 실천 없이 입만 떠드는 걸 좋아했고 살찌는 걸 좋아했고 자기주장을 좋아했고 왜인지 남의 사람에겐 잘 대했다. 내가 보기에 아버지는 뇌가 말썽이었다.
    젖탱이 개돼지는 전화를 걸어 간짜장 곱빼기를 배달 시켰다. 철가방이 왔고 철가방에서 짜장면과 단무지가 나왔다. 젖탱이 개돼지는 〈군만두 서비스는 없어요?〉 계산을 했는데 본인이 번 돈은 아녔다. 본인이 번 것처럼 돈 썼는데 남의 돈이었다. 아버지의 신경 전달 물질은 간짜장에 과하게 집중돼 누구의 돈인지 출처는 신경 쓰지 않고 계산을 하게 했고, 철가방이 닫혔고 철가방은 돈을 들고 떠났다. 〈먹는 것도 귀찮다〉며 누구보다 맛있게 먹는 젖탱이 개돼지는 생면에 볶은 짜장을 붓고 신나게 비벼 후루룩 먹었다. 돈은 할머니 할아버지가 벌었다. 할머니 할아버지가 열심히 일해서 아버지를 줬고, 내 양육비 교육비 명목으로 줬지만 거의 다 아버지 배달, 게임값으로 나갔다. 나는 할머니가 해놓은 소고기 뭇국에 밥을 말아 먹었다. 아버지는 그것이 〈건강에 좋다〉며 먹은 짜장을 아무렇게나 싱크대에 던져 놨는데 나는 식사를 마치고 그것들을 함께 치웠다. 〈나중에 치우려고 했는데〉라 했지만 한 번도 치우는 것을 본 적은 없었다.

흡입을 마친 젖탱이 개돼지는 〈먹는 것도 귀찮아 차라리 알약이 나오면 좋겠어〉라며 냉장고에서 콜라를 꺼내 다시 컴퓨터로 돌아갔다. 확실히 뇌가 말썽이었다. 내가 봤을 때 누구보다 맛있게 먹고 누구보다 짜장면을 좋아하는데 딴 말을 하는 젖퉁이를 위해 나는 신약 개발에 나섰다. 나는 젖탱이 개돼지를 끌어내고 싶었다. 내 이론은 이러했다. 젖탱이 개돼지는 아버지 안에 있었다. 병원에 환자가 있듯 아버지 안에는 젖탱이 개돼지가 있었다. 솔직히 아버지의 머리를 물에 넣고 몇 분만 있으면 나왔겠지만 나는 힘이 약했고 아버지는 힘이 셌다. 나는 신약 개발로 젖탱이 개돼지를 빼내고 싶었다.

유튜브로 짜장면 만드는 법을 공부했다. 영희네에 가서 과학 기구를 설치했다. 참고로 영희는 내 여친으로 내가 하는 모든 걸 도와줬다. 〈영희야 춘장 사 와.〉〈네, 선장님!〉 영희는 춘장을 사 왔고 미안하지만 그것은 영희의 용돈으로였다. 나는 냄비에 춘장을 넣고 보글보글 끓였다. 냄비 위에 원형 플라스크를 놓고 이슬을 받았다. 고기의 진수라는 소고기 다시다와 돼지기름도 함께 끓였다. 내가 아는 모든 것을 붓고 보글보글 끓이고 원형 플라스크에 이슬 받았다. 증류 짜장이 나왔다. 짜장의 결정, 짜장의 진수, 이슬을 병에 담았다. 영희와 나눠 마셔봤다. 원래 짜장은 검은색인데 이슬은 투명했다. 와! 엄청 응축된 짜장 맛이 났다. 머리에서 폭발이 일어났고 나의 신경전달물질이 축제를 벌였고 나의 신경전달물질이 그것을 꼭 기억하라며 메모장에 레시피를 적어 호주머니에 넣었다.

〈영희야 어때?〉

〈인교 짱!〉

하지만 아직 부족하다고 판단한 나는 영희에게 다음 주 목요일 오후 3시 방과 후 수업이 끝난 후 간짜장 곱빼기를 준비하라고 했다. 〈네, 선장님!〉 나는 영희와 손을 잡고 운동장을 산책했다. 영희는 매미가 무섭다고 했다. 매미는 단백질인데 매미도 넣을까?

젖탱이 개돼지는 오늘도 밥을 먹고 있었다. 나는 밥이 필요했는데 개돼지 젖탱이가 밥을 먹고 있어서 밥에 들어갈 수 없었다. 하루 종일 젖탱이가 밥을 쓰고 있어서 나는 밥이 없었다. 신약 개발은 계속됐다. 반드시 약을 개발해 젖탱이 개돼지를 내 아버지에게서 끌어내 밖으로 걷어차고 싶었다. 젖탱이 개돼지에게서는 특유의 암모니아 냄새가 났는데 아버지는 축축하게 그것을 흘렸다. 내가 영희와 삼원 초등학교 문방구로 데이트를 갔을 때 거리에서 똑같은 냄새를 맡고 깜짝 놀란 적이 있었다. 돌아보니 역시 젖탱이 개돼지였다. 나는 그 아주머니에게서 인생의 불행함을 맡았다. 고로 젖탱이 개돼지는 사람이 아닌 사람 안에 있는 무엇이다.

화창한 날씨가 계속되던 수요일 2교시 도덕 시간 20세기 초 유행하던 실존주의를 배웠다. 피투된 존재 그러니까 태어나면서 자동으로 선택된 자연, 국가, 도시, 가족의 존재가 기투의 선택을 하면서, 다시 말해 성격을 세상에 투영하는 선택을 하면서 자아를 형성하는 것이 인간 존재의 본질이라고 했다. 자유에 던져진 인간은 필히 선택을 해야만 한다고. 내가 보기에 그 철학은 올드패션, 시한이 다 됐다.

바로 지금 21세기 도파민 뷔페에서 내 아버지에게 선택이란 없었다. 단지 어떤 유혹체가 더 빨리, 더 가까이 아버지에게 다가갔느냐에 따라 아버지는 행위 됐다. 아버지가 우연한 동선으로 저 그릇에 갔으면 저 그릇을 먹었고 이 그릇에 갔으면 이 그릇을 먹었다. 자유에 던져진 존재라고? 천만에. *자유가 전멸된 존재*였다.

아버지는 괴로워하셨다. 젖탱이 개돼지가 아버지로 하여금 선택권 없이 게임이나 핸드폰을 할 때는 즐거워 보였지만 가끔 어느 시기가 되면 아버지는 암막 커튼을 친 붉은 방에서 하염없이 누워 큰 회환에 빠지곤 하셨다. 아프다고 했지만 현대 의학으로도 원인 밝힐 수 없었다. 비만은 눈이 내리던 어느 날 아버지를 찾아와 담배 한 갑을 사주고 친구 없는 아버지의 이야기를 들어주고 아버지와 어울리기를 시작했다. 비만은 빨래를 도와주기도, 좋은 친구처럼 괜찮은 음식과 포도주를 선물해 주기도 하면서 아버지에게 기거를 시작했다. 비만은 서서히 아버지를 장악했고 젖과 배를 불려 자신이 그 안에 기거함을 세상에 알렸고 비만은 아버지를 이용해 게임 했고, 비만은 아버지를 이용해 주사위 굴렸다. 비만 그 젖탱이 흑돼지는 아버지를 일하지 아니 하게 했고, 아버지의 뇌를 망가뜨려 자신이 내쫓기는 것을 사전에 방지했으며 담배 한 갑에서 시작된 우정은 떼어낼 수 없는 진한 우정으로 그들을 끊어놓을 수 없었다. 절단이 가능한 사람이 있다면 오직 나, 현대 과학 기술의 총아이자 그를 아버지로 둔 나밖에 없었다.

나는 말고기, 양고기, 사슴고기, 토끼고기, 멧돼지고기 시중 재래시장에서 구할 수 있는 모든 고기를 총동원해 할머니가 왕왕이를 삶던 큰 솥에 모든 고기를 때려 넣고 팔팔 끓여 플라스크에 이슬 받았다. 고기는 갈색이었는데 이슬은 투명했다. 그것은 일명 브레이징이라 했고 나는 영희와 브레이징 했다.

〈영희 오늘 브레이징 했어?〉

〈브레이징 했징!〉

영희가 어느 날 저녁 부모님과 태국 요리점에서 풋팟퐁 커리에 모닝글로리를 먹기 위해 외식 나가던 그 날 나는 영희 집에서 충분한 시간의 브레이징 타임을 가질 수 있었고 고기의 진수를 얻어 집으로 돌아왔다. 나는 믹솔로지 바텐더처럼 짜장 증류와 고기 증류를 블렌딩해 직접 배합을 맛보았다. 머리에선 폭발이 일어났고 머리는 더 맛있는 배합을 향해 발전했고 머리는 1:9에서 9:1까지 모든 배합의 맛을 정확히 기억했다.

보름달이 뜬 그날 밤 아버지가 자고 있을 때 나는 국어 시간에 배운 헨젤과 그레텔 방법을 이용해 고기짜장 증류를 아버지의 귀에서부터 한 방울씩 떨어뜨려(스포이트를 썼다) 쥐잡이 철창살까지 이어 놓았고 음식 지렁이가 아버지의 귀에서 나오길 기다렸다. 나는 아버지의 귀에 대고 직접 그놈의 이름도 불렀다.

〈개돼지 젖탱이 너, 젖이 축 늘어진 존재 너, 개돼지 너, 거기 있는 거 다 알아, 너. 피들스틱, 네가 좋아하는 고기짜장의 정수가 바로 여기 있어. 네가 원하는 그것을 줄게. 거기서 나와 이것을 먹어봐. 내가 그것을 줄게.〉

고기짜장 증류의 달콤하고 진한 향기가 집안 전체에 퍼졌다. 아버지가 눈을 떴다. 거의 뽀뽀 수준으로 근접해 있는 나의 얼굴에 화들짝 놀란 아버지는 눈이 휘둥그레졌다. 아버지는 놀란 표정으로 나를 보더니 이내 혀를 내밀어 고기짜장의 진수를 따라가며 본능적으로 방울을 빨아먹었다. 눈 뜨자마자 자극의 정수를 빨아먹은 아버지는 철창살까지 가서 그것을 날려버렸고 즉, 그것은 아버지가 아닌 젖탱이 개돼지였다. 눈 뜨자마자 반자동으로 자극을 탐한 젖탱이 개돼지는 방금 무엇을 했는지 전혀 기억하지 못했고 목이 마르다며 콜라를 찾았다.

〈안 자고 뭐해, 인교야?〉

자고 일어난 1분의 맑은 아버지가 물었다.

〈이제 자려고요.〉

⟨잘 자고 내일 학교 가야지.⟩

달리기를 하고 맑은 숲공기와 신선한 흙냄새를 마셨으면 이런 일은 없었을 것이다. 방법은 분명히 쉬운 방식으로 거기 있었는데 젖탱이 개돼지는 쓰레빠 질질 끌며 아버지를 막아섰고 무엇보다 아버지가 나가려고만 하면 그런 것을 하는 데 있어서 ⟨그게 무슨 소용이 있겠어⟩ 비관을 권유하며 포기를 종용했다. ⟨하던 대로 하라⟩며.

하루는 할머니 할아버지 나 모두 방문을 힘껏 밀어 닫고 있었다. 나는 피들스틱을 꺼내기 위해 무돈 무데이터 처방을 내렸는데 아버지를 안타까워하던 할머니 할아버지도 흔쾌히 도와주셨다. 저항은 거셌다. 웹페이지를 찾을 수 없습니다 공룡이 나타나자 컴퓨터를 껐다 켰다 핸드폰을 껐다 켰다 발악이 시작됐고 KT 기사님을 불러오겠다고 젖탱이 개돼지는 방문을 뛰쳐나가려 악을 썼다. ⟨문 열어! 문 열어 달라고! 아 왜 못 나가게 하는데! KT 기사님 모셔와야 합니다.⟩ 피들스틱은 아버지를 지휘하며 인식에 오직 한 가지 음악, 인터넷 되찾기만 돌렸고 아버지는 웹페이지를 찾을 수 없습니다 공룡이 총천연색 네이버가 되기까지 육중한 몸을 방문에 들이 박았다. ⟨아 왜 그러냐고! KT 기사님 불러와야 합니다. 왜 못 나가게 하냐고! KT 기사님 불러와야 합니다.⟩

오리배

할머니 할아버지 나는 등으로 밀었다 손으로 밀었다 하면서 문을 막았는데 차례로 몸이 덜컹덜컹 거렸다. 할머니는 〈이게 맞는 겨?〉 킥킥 웃으시기도 했다. 화가 머리끝까지 난 아버지는 씩씩대며 잠시 소강상태에 있었는데 이때 이 시간쯤이면, 빗방울이 떨어지던 일요일 오전 11시였다. 컴퓨터로 여러 도파민을 빨아먹었던 아버지는 금단 증상을 느끼며 벽에서 벽으로 마구 뛰어 다니며 소리쳤다. 무서웠다. 얼마나 이러고 있어야 할까. 얼마나 버티고 있어야 피들스틱이 나올까.

외침이 계속되다 이내 조용해졌다. 그리고 얼마의 시간이 지나자 젖탱이 개돼지가 우리들 눈앞에 서 있었다. 할머니 할아버지 나는 소스라치게 놀라 〈아이구 깜짝이야!〉 다 같이 방 안으로 숨어 들었다. 방에는 책상이 뒤집혀 있었고, 책상다리에는 이불이 묶여 있었고, 창문은 열려 있었고, 이불은 창밖에 빠져 있었다. 젖탱이 개돼지는 KT 기사님을 불러온다고 책상에 이불을 연결해 2층 창문 밖으로 내려온 것이었다. 〈문을 왜 막고 있는 거야! 인터넷 기사님 모셔야 합니다. 이번 일로 소고기 저금이야, 응? 꽃등심으로 저금이야, 응!〉 젖탱이 개돼지는 KT 기사님을 모셔 왔다. KT 기사님은 인터넷 선이 나오는 작은 기계를 쭉쭉 당기더니 금방 인터넷을 고치셨다. 아버지는 다시 모니터 앞에 앉았고, 피들스틱은 전두엽의 회색 커튼을 열었고, 아버지와 총천연색 네이버를 다시 관람하기 시작했다.

내가 아버지에 대해 말하고 싶은 무언가는 그가 자극의 섬에 유배당한 외톨이이고 제어할 수도 정신 차릴 수도 없이 무너지고 있으며 결과적으로 모두를 슬프게 한다는 것이다. 아버지를 유배에서 거둬들여야 한다는 것이며 다시 본국에 돌아와 진찰을 한 다음 필요하면 수술을 하고 그다음 다시 그에게 선택권을 줘야 한다는 것이다. 지금의 아버지는 ***자극에의 굴복을 선고받은 존재***였다. 나는 아버지가 우연히 아니면 강압적인 방식으로 프라하에 외따로 놓인 상상을 했다. 블타바의 강줄기가 비단처럼 몰아치는 해질 무렵, 노을이 강물을 금빛으로 물들였을 시각, 섬에선 재즈 페스티벌이 열리고 오리배가 한가로이 물 위를 거닐 즈음 핸드폰도 데이터도 없는 그가 넋 놓고 자연 풍광의 시술을 받으며 태초의 인간으로 원상 복구되는 꿈을 꾸었다. 단 한 번도 인터넷, 데이터, 와이파이, 동영상에 노출된 적 없는 사람처럼 그것을 손에 쥐라는 젖탱이 개돼지의 부름도 없이 평온한 정신을 되돌려 받는 꿈. 그리하여 그가 다시 거울 앞에 서면 제 본래의 모습, 거울에 뜬 신비를 두고 한 번쯤 자괴감 없이 바라보며 선량한 마음을 갖는 그런 꿈을.

나는 세상에 이 일을 공식적으로 알릴 야망으로 『제어할 수 없는 영역의 무정부적 증식』이란 제목의 논문을 작성했다. 나는 피들스틱을 추출하는 법을 과학적으로 고안해 네이처 지에 기고할 생각이었다. 동시에 아버지에 관한 실험도 진행됐다. 방과 후 스터디 카페를 끊고 고등학교 수험생 형 누나들과 나란히 앉아 논문을 작성했다.

현상: 일반 체형의 사람에게 점진적인 젖과 배의 증폭이 나타남.
증상: 때아닌 때에 음식을 찾고 음식은 자극적인 것을 찾음.
조건: 위와 같은 현상과 더불어 무료 돈과 비사회화가 결합돼 병리적 조절장애 발생.
추정: 공기 중에 떠돌던 미세 젖탱이 개돼지 입자가 유전적으로 취약한 이에게 유입돼 위의 조건이 충족될 때 제어할 수 없는 영역의 무정부적 증식이 시작되는 것으로 사료됨.
경과: 젖탱이 개돼지는 피감염자의 개개 단위의 행위 사고를 잠식해 나가면서 전(全) 시간 내에 통제 능력을 상실케 함.

해결법, 란 아직 완성하지 못하고 돌아왔다. 아버지에 대한 실험은 계속됐다. 아버지는 옆으로 누워 주무시는 버릇이 있었는데 나는 아버지와 똑같이 옆으로 누워 아버지 위에 올라가 귀와 귀를 맞대고 고기 짜장 증류를 입에 머금었다. 나는 그 향기로운 향기 만으로 개돼지 젖탱이 아버지에게서 내게로 이동하기를 기다렸다. 의식을 해서일까?

귀가 간지러웠다. 무척 간지럽고 무언가 기어 들어오는 느낌이었다. 나는 놀라 증류를 꿀꺽 삼켰고 지렁이는 내 머릿속 뇌 신경전달물질의 알록달록 축제를 보러, 여의도 불꽃 축제를 보러 온 시민처럼, 나의 뇌 속으로 이동했다. 그러나 이것은 단순 이동인가 복제인가? 아버지 귀에서 내 귀를 떼어냈을 때 길쭉하게 이어진 선이 달팽이 관을 물고 대롱대롱 달려 있었고 나는 개돼지 젖탱이를 움켜쥐 바닥에 내팽개쳤다. 바닥에 탄성 있게 튀어 오른 개돼지는 믿을 수 없는 속도로 아버지의 귀로 돌아갔다. 아버지가 눈을 떴다. 그것이 아버지인지 개돼지 젖탱이인지 알 수 없었다. 불안감에 나는 갈증을 느꼈고 콜라를 꺼내 목을 축였다. 혈당 스파이크가 머리끝까지 찌르고 올라왔다.

다음 날 스터디 카페에서 추출법을 떠올렸는데 도무지 아무것도 떠오르지 않았다. 아무것도 쓸 수 없었다. 달달한 게 떠올랐고 연신내역 포장마차에서 떡꼬치를 먹고 왔다. 그래도 떠오르지 않았다. 되려 닌텐도 게임기가 떠올랐다. 할머니한테 사달라고 조르고 싶었다. 난생처음 든 생각이었다. 이게 젖탱이 개돼지? 하지만 그것도 잠시 닌텐도 게임을 하고 싶다는 생각뿐이었다. 우리 반 친구 철수가 하는데 나도 하고 싶었다. 나는 스터디 카페 무료 과자 코너에 서 있는 대로 과자를 먹고 형 누나들이 공부하는 것을 구경하다가 갑자기 무엇이든 내일 해도 좋다는 것을 깨달았다. 그렇다. 왜 여태 몰랐을까? 무엇이든 내일 해도 좋았다. 닦달하는 사람은 없었다. 누가 하라고 시키는 사람도 없었다. 모두 내일 해도 좋았다. 해결법도 내일 해도 좋았다. 집에 가서 고기 증류를 먹고 싶었다. 오늘은 고기 짜장 블렌디드 증류 말고 고기 증류 싱글 몰트 오리진을 먹고 싶었다. 집으로 갔다.

그 후 논문은 흐지부지였다. 추출법은 완성하지 못했지만 논문은 보내고 싶어서 미완성으로 해결법 없이 보냈다. 미완성이었지만 그렇다고 아무 내용도 없는 것은 아니어서 네이처 지 석학들이 알아서 보고 알라고 대충 완성해 *nature@nature지.com*에 논문을 보냈다.

초반에는 제어할 수 없는 영역의 무정부적 증식을 자각할 수 있었다. 어제 아홉 시에 콜라를 마셨으므로 콜라는 캔 뚜껑 밖으로 고개를 내밀고 오후 아홉 시 내 입으로 들어갔다. 어제 자기 전 핸드폰을 했으므로 다음 날 핸드폰이 알아서 먼저 샤워를 마치고 침대로 들어와 내 손에 누웠다. 그것은 하루에서 다음 하루로 넘어가는 수직적 증식과 더불어 수평적 증식도 이어갔다. 비커에 떨어뜨린 포도상구균처럼 전방위로 증식하는 제어할 수 없는 영역은 부지런을 떨며 나보다 먼저 일어나 치카치카 이를 닦고 내 손에 앉았다. 날씨도 보라고 했고 실시간으로 올라오는 각종 정보도 고이 알려줬다.

〈학교 다녀오겠습니다.〉 PC방으로 갔다. 학교를 가야 했는데 눈을 떠보니 PC방이었다. 배가 고팠다. 보존료 잔뜩 들어간 냉동 김치볶음밥에 라면을 먹었다. 아직 용돈이 있었다. 나는 조준점에 적의 머리를 넣고 헤드샷을 노렸다. WASD 앞뒤로 움직였다. 정신을 차렸을 땐 집이었다. 아버지와 서로 컴퓨터를 하겠다며 아귀다툼을 벌이고 있었다. 쾌락은 그것의 양만큼 심한 갈증으로 돌아왔다. 포른허브는 초인종을 누르고 우리 집으로 왔고 그녀는 나를 화장실로 데리고 가서 내 것을 만졌다. 포른허브는 나를 흔들고 나의 액체를 쏟았다. 배가 고파졌다. 사이다로 허기를 채우고 영희를 찾아갔다. 영희와 명랑 핫도그에서 핫도그를 먹었다.

〈살찐 거 같아 인교.〉

〈젖탱이라고?〉

〈내가 언제 그랬어.〉

〈맞아 안 그랬어. 나도 아는데 젖탱이라 그랬냐고 물어봤어. 왜냐면 '젖탱이라고'가 나보다 앞서 혀에 놓였어. 나는 요즘 추진력 넘치는 그런 빠른 말을 따라갈 수 없어. 계속 얘기해야 돼. 계속 나보다 먼저 혀에 놓여. 지금도 아버지와 하루 종일 말다툼하다 왔어. 모든 게 번개처럼 나를 앞서. 번개가 실존을 앞선다. 한 입에 두 입 아-〉

〈왜 뺏어 먹어. 내 거야.〉

〈아니 한 입에 두 입 아- 아니 그게 아니고 내가 하고 싶은 말은 한 입에 두입 아- 아니 내 입에 한 입에 두 입이 있다 아- 한 입에 두 입이 아- 있다고.〉 영희는 뺏기지 않고 감자 핫도그를 맛있게 먹었다. 나는 답답했다. 나는 나인데 나의 마음대로 되지 않는 나였다.

철수는 닌텐도 게이머이자 과학반 친구, 개돼지, 그러나 이상하게도 닌텐도와 과학 탐구 사이에 균형을 맞춘 친구였다. 황금률, 정한 시간에만 동물의 숲을 플레이했다. 형상으론 비만이나 그것이 전부 젖탱이 개돼지에게 점령된 것이 아님을 말한다고 할 수 있었다. 철수의 볼은 야구공 두 개가 붙은 듯 뚱뚱했고 철수의 가슴과 배는 동급 최고였으나 철수는 전자기기나 먹는 것에 굶주리지 않았다.

〈철수 오랜만이야.〉

〈살이 많이 찐 거 같네 인교. 너, 두뱉교?〉

나는 철수에게 그간 사물이 나보다 앞서 바지런히 내 손에 내려 앉았음을 밝혔고 콜라와 햄버거, 컴퓨터와 휴대전화, 피시방과 라면을 거부할 수 없었음을 알렸다. 정신을 차리기 전까지 한 학기를 통째로 피시방에서 지냈고 눈을 떠보니 4학년 2학기였다고 나는 철수에게 실토했다.

〈그랬구나. 그런 줄은 몰랐네. 한 40킬로 찐 거 같은데, 두밴교?〉

나는 철수에게 자극의 번개가 실존에 앞서 나도 모르게 이런저런 꺼벙이 짓을 너에게도 할 수 있음을 미리 알렸다. 철수는 가방에서 닌텐도를 꺼냈고 나는 재빨리 그것을 빼앗아 버렸고 철수는 더 빨리 빼앗아 가방에 다시 넣었다.

〈이런 일이란 말이지.〉

〈번개가 극단적 선택을 극단적 속도로 해버려. 철수 너도 뚱뚱이잖아. 너는 괜찮아?〉

〈나는 괜찮아. 동물의 숲은 하루에 한 시간 씩.〉

철수는 귀여운 볼따귀로 헤헤거리며 웃었다. 철수는 열화된 비디오테이프가 재생되지 않듯 욕망이 그의 안에서 재생되지 않았다. 우리는 오랜만에 회포를 풀러 철수의 집으로 놀러 갔다. 철수의 집은 처음이었다. 철수의 집은 사막을 건너던 예수님이 꿈꿨을 집처럼 소박하고 단촐하기 그지 없었다. 철수는 단촐하기 그지 없는 그지 없는 단촐한 방에서 자신이 입고 있던 티셔츠를 벗어 옷걸이에 걸었는데 〈자연바람 건조로 빨래비를 아끼기 위한〉 것이라고 하였다. 철수의 통통한 가슴과 배가 튀어나왔고 철수는 맨몸으로 방 안에 있는 유일한 가구, 의자에 앉았다. 책상도

오리배 119

없었다. 철수는 바닥에서 〈호두껍질 속의 우주〉를 집어 읽었다.

〈철수야 닌텐도 줘 봐. 난 닌텐도 좀 하고 있을 게.〉
〈그것은 학교에 두고 왔는데 왜?〉
〈학교에?〉
〈집에 가져 오면 하루 종일 해서.〉

인간 존재에겐 그것을 하겠다는 충동과 그것을 하면 망한다는 억제 사이의 갈등이 있다. 그리고 나, 아버지의 젖탱이 개돼지를 손수 물려받은 나는 언제나 눈을 뜨면 충동의 손을 들고 그것을 따르면서 후회하는 나 자신을 발견함을 지난 육 개월간 그랬다. 그런데 어떻게 이 뚱뚱이는 이런 야무진 생각으로 승리의 억제를 할 수 있었을까?

〈담배도, 닌텐도도, 소주도 학교에 놓고 왔어. 나는 유혹을 느끼지만 그게 지금 내 주변에 없다는 걸 알아.〉

뚱뚱이는 원래 부자였으나 부모님이 일 나가고 아무도 없는 풍요로운 집에서 맥주와 담배에 손을 대면서 중독의 길을 걸었었다. 아직 부모님에게 들키기 전 뚱뚱이는 양말 몇 켤레 외에는 별 것 없는 바다 옆 할머니 집으로 자발적으로 거처를 이동했다. 나는 개돼지처럼 먹고 게임할 생각밖에 없는데 뚱뚱이 철수는 어떻게 이런 게 성숙한 생각을 했던 것일까. 유전자 차이인가?

〈철수야, 나 두뱅교가 뭐 좀 줄까. 옆으로 누워 봐.〉 철수가 옆으로 눕고 내가 그 위에 2단으로 누웠다. 나는 철수에게 젖탱이 개돼지를 집어넣었다. 철수는 귀가 간지럽다며 힉힉 웃었다. 〈아 이거 맞아? 아 이거 맞아? 힉힉. 야 너 무거워졌다 두뱅교 힉힉.〉 여의도 불꽃 축제가 철수 뇌에서 펼쳐졌고 꿈틀이들이 팝콘을 들고 옆 뇌로 이동했다. 귀를 떼자 철수는 귀가 간지럽다며 참느라 고생했다고 생콜라를 찾았다. 철수는 냉장고를 열었지만 상추 겉절이와 가지무침 등 할머니가 만들어 놓은 반찬밖에 없었다. 마실 것은 없었고 철수는 마당에 나가 찬물 대야에 담긴 음료수들을 봤지만 전부 생수였다.

〈오늘따라 탄산이 마시고 싶네.〉

〈콜라!〉

〈콜라!〉

〈사이다!〉

〈사이다!〉

그런데 근처에는 편의점도 없었고 슈퍼는 문 닫았으며 뒷집 어르신이 키우는 강아지만이 어두운 밤거리를 횡단하고 있었다. 철수는 빈손으로 캔을 따고 콸콸 콜라를 마시는 시늉을 했다. 철수는 게임을 하고 싶다고 했는데 닌텐도가 없었다. 집에는 호두껍질 속의 우주와 칼 세이건의 코스모스, 헨리 데이빗 소로우의 월든, 신윤복의 감옥으로부터의 사색이 전부였다. 가장 손쉽고 자극적인 것은 바다가 방파제를 낮은 파도로 때리는 장면이었는데 철수와 나는 하염없이 파도가 부서지는 것을 구경했다. 바다는 바닷바람에 소금과 물고기 냄새를 싣고 우리 코로 보냈고 우리는 그 청량한 것을 원 없이 마셨다. 철수 할머니가 돌아와 청국장에 오이짠지를 해주셨다. 가지무침과 상추 겉절이도 같이 먹었다. 나는 철수 집에서 하룻밤 지내면서 아무것도 할 수 없어 기가 꺾인 피들스틱의 기세를 느낄 수 있었다. 고놈 배가 반쯤은 곯았을 것이다. 파도 소리와 풀벌레 우는 소리 사이에서 월든을 읽다 잠이 들었다. 부교감신경이 내 몸 한 가득 이렇게 채워진 것은 처음이었다. 철수는 자기 전 법구경을 외웠고 나는 그 소리에 두 번 눈을 뜨는 일이 없었다.

철수와 나는 할머니가 차려주신 김칫국에 콩밥을 먹고 동산을 넘어 등교했다. 철수는 내가 넣은 젖탱이 개돼지 때문인지 학교에 와서 어리둥절 무엇을 해야 할지 고민하는 기색이었다. 긴 시간 수련을 해온 철수지만 젖탱이 개돼지는 무서웠다. 젖탱이 개돼지는 닌텐도를 하라고, 담배를 피우라고, 소주 한 잔 정도는 건강에 좋다고 철수를 부추겼고 황금 달마는 이성으로 그것을 버텨봤다. 언제까지 참을 수 있을까 뚱뚱이 녀석, 너도 개돼지의 자괴감 맛 좀 보라고.

도구는 목적을 위해 사용되는 물건이고 도구로서의 휴대폰은 목적을 위해 사용되는 기계이다. 필요한 정보를 얻거나 메시지를 전달하기 위해. 도구화는 물건이 용도에 맞게 사용됨을 의미하고 동시에 인간 아래에 있어 인간에게 사용되는 객체화를 의미한다. 도구화되지 못한 도구는 인간 아래에 있지 않고 주체로 솟아 오른 도구를 의미하고 도구화되지 못한 도구는 주체의 경쟁 상대로의 격상을 의미한다. 고깃덩이를 향한 식육처리기능사의 칼끝이 용도를 벗어나 칼 자체의 노래를 부르며 인간에게 전진하면 그것은 인간에게 해악이 되듯 사용하고 사용되는 주체 경쟁에서 도구화되지 못한 도구와 사람과의 접촉은 해악의 가능성을 갖는다. 인간의 통제를 보장하지 못하는 그러한 접촉은 전기에 감전된 인간과 전기 간의 상황처럼 심리적으로, 생리적으로, 육체적으로 인간을 소진시킨다. 도구는 사물이고 죽어있는 물건이라 그 한계가 한정 없지만 생명인 인간은 소진된다. 주체 경쟁에서 패한 인간에게 오는 첫 번째 증상은 마음의 동요이고 생리적 땀의 배출이며, 두 번째는 통제력의 상실이고, 세 번째는 정신병리학적 경증으로의 진입, 네 번째는 정신의 붕괴, 도구에 통제당한 인간, 도구 아래로 내려간 인간, 주체 경쟁에서 패배한 인간, 감전된 인간, 저절로 손이 이용되는 인간이다.

〈철수 어디 갔어? 철수 학교 왔어? 친구들 알아요, 철수 어디 갔는지?〉

〈선생님 철수 여기 교실 뒤에서 게임하면서 소주 한잔 하고 있어요.〉

선생님은 지팡이를 짚고 교실 뒤로 갔다. 철수는 차가운 돌바닥에 신문지를 깔고 술을 마시며 유튜브 방송을 했다. 젖탱이 개돼지는 철수를 욕 보였고 젖탱이 개돼지는 메가 커피에서 사 온 초코 프라프치노를 철수에게 먹였다. 철수는 얼음을 꽉꽉 씹으며 방송에 올라온 채팅 하나하나에 반응했다. 선생님이 지팡이로 거치대에 고정된 휴대폰을 때려 쓰러뜨렸고, 철수는 자리에서 일어나 〈죄송합니다.〉 책상에 앉았다. 선생님은 불씨를 끄듯 엎어진 휴대폰을 지팡이로 여러 번 쳤다. 선생님은 교탁으로 돌아왔고 나는 철수에게, 내 옆자리였다, 상쾌환을 줬다.

젖탱이 개돼지가 도구의 조이스틱이란 건 두 번 말해 뭐하나. 나와 철수는 깨어있는 의식으로도 조종당하는 반가사 상태의 불가항력적인 사물의 조종을 당했다. 유튜브 영상을 공유하고 카톡을 보내고 틱톡을 보고 틱톡을 찍어 올리기도 하면서 눈을 떠보니 우리 집에 같이 가고 있었고 학교에서 뭘 하고 뭘 배웠는지는 전혀 기억 나지 않았고 점심 급식이 무엇이었는지도 기억 나지 않았으며 조이스틱은 집에 가서도 내 목을 구부리고 휴대폰을 들여다보는 기술을 썼으며 힐끔 철수를 보았을 때도 철수도 마찬가지의 기술을 당하고 있었다. 젖탱이 개돼지는 조이스틱으로 배달의민족을 시켰고 눈을 떠보니 나와 철수, 아버지는 간짜장 곱빼기에 탕수육 특대를 먹고 있었으며 젖탱이 개돼지는 W 버튼을 눌러 우리에게 심한 땀 냄새, 불행의 냄새 배출 스킬을 썼고 방에는 그런 냄새로 가득했다.

사람이 만든 제품이 사람을 만들었다. 우리 셋은 경쟁적으로 탕수육을 먹었는데 실상은 탕수육이 우리 입으로 경쟁적으로 들어갔다. 어미 새가 아이 새에게 먹이를 물리듯 탕수육은 우리 주둥이를 돌아가며 먹이 물렸다. 눈을 뜨니 탕수육이 없었고 탕수육은 잠시 우리를 홀렸다가 홀연히 떠났고 우리는 원하지 않는 만큼 배가 불러 후회를 했다. 후회를 했다고 하는 게 맞을까? 탕수육이 알아서 번지 점프로 우리 입에 들어온 것인데 후회를 할 만큼 선택권이 우리에겐 있었나?

눈을 떠보니 아침 열 시였고 게임은 그제야 우리의 손을 놓았다. 아버지는 같이 3인 큐를 했으면서 왜 학교에 가지 않았느냐고 무척 화를 냈고 우리는 가방을 들고 학교로 가는 길, 몸이 너무 무겁고 무척 피곤했다. 교실까지 못간 우리는 정글 짐에 몸을 널고 잤다. 체육 선생님이 우리를 깨웠다. 테니스 채로 엉덩이를 엄청 세게 체육부 스타일로 맞았다. 정신이 번쩍 들어 교실로 돌아갔다.

교실에서도 휴대폰은 주머니에서 기어 나와 손 위에 올라왔고 도대체 나를 놓아주지 않았다. 블루투스 조이스틱은 뇌와 손을 조종해 저절로 유튜브 앱으로 손가락을 눌렀다. 휴대폰으로 영상 나오게끔 기술 썼고 내 목을 구부려 그것에 들이댔다. 목이 아팠다. 그만하고 싶었다. 선생님이 뭐라고 하신 것 같은데 잘 기억이 나지 않는다. 눈을 떠보니 학교가 끝났고 철수와 나는 심하게 내려온 다크서클로 방과 후에도 휴대폰 게임을 했다. 조이스틱이 우리를 조종하니 우리는 교실 뒤에서 쿵쾅쿵쾅 뛰다가 젖탱이 개돼지 그것이 또 교실에 간짜장 곱빼기와 탕수육을 시켰고 철수와 나의 입을 벌려 아- 그것을 넣었고 아- 나는 물건의 꼭두각시가 된 느낌이었고 아- 조금의 자극도 저항할 수 없었다 아-

나는 운동장에서도 유튜브를 틀었고 옆을 보니 철수는 벌써 넷플릭스를 정주행하고 있었다. 숨을 쉬기 어려웠다. 휴대폰을 보면 하게 마련인 무의식적 무호흡에 숨이 가빴다. 매우 작아진 폐활량에 숨은 거칠었다. 노란 해가 뜨자 저 멀리에서 체육 선생님이 테니스 채를 들고 왔다. 그제야 우리는 엉덩이를 털고 일어나, 앉았던 폐타이어가 튀어올랐다, 달아날 수 있었다. 라면으로 요기를 하기 위해 문방구로 갔더니 아나운서가 우리를 잡고 질문을 했다.

〈학교생활이 행복하십니까? 삶의 만족도는 얼마나 되십니까?〉

뉴스팀은 어린이 행복도 실태 조사를 한다고 했다. 계속 놀고 게임만 하고 수업도 안 듣는데 나는 전혀 행복하지 않았다. 나는 물건의 삶을 살고 있었다. 카메라맨은 나와 철수를 옆으로 나란히 세우더니 자라목과 비만 체형을 찍어 갔다. 게이밍 의자가 하마처럼 느릿느릿 귀를 털고 거리를 배회하다 나와 철수를 피시방으로 데려갔다. 큰 혀로 키보드와 마우스를 손에 쥐였고 나는 큰 화면으로 일반인 싸움 영상을, 철수는 여자 아이돌 영상을 봤다. 피시방비가 떨어졌다는 것을 안 것은 짜파게티를 시켰을 때이다.

〈결제 먼저 부탁드릴게요.〉

〈돈이 없는데요.〉

가게 주인의 전화를 받은 아버지가 단숨에 피시방으로 쿵쿵 쫓아와 대신 돈을 내주셨다. 훈육에서는 대단히 엄한 아버지가 우리를 심하게 꾸짖었고 나와 철수는 몽둥이 찜질을 맞았다. 〈다 나 때문에 그래! 나도 맞아야 돼! 다 나 때문에 그래!〉 버럭하신 아버지는 결심을 하고 회초리를 내려쳐 부러뜨렸다. 나와 철수는 덜덜 떨었다. 부러진 막대기

패기인가? 〈나를 때려라! 다 나 때문이다!〉 아버지는 부러진 회초리를 철수에게 건네고 벽을 잡고 엉덩이를 내미셨다. 〈철수 너부터! 힘껏 쳐라!〉 철수는 못하겠다며 회초리를 나에게 넘겼고 나는 엉덩이를 건드리는 시늉만 냈다. 〈아니 진짜로! 철수가 해! 안 해!?〉

철수가 내 아버지를 회초리질 했다. 다른 학우들이 모두 보는 앞에서 말이다. 한 번 시작된 회초리질은 멈추지 않았다. 철수는 닭똥 같은 눈물을 흘렸다. 우리는 어쩌다 이렇게 된 것일까? 내가 철수에게 젖탱이 개돼지를 복제한 것이 화근이었다. 살짝 재미로 그렇게 한 것인데 이렇게 큰 화가 됐다는 것은 어딘가 불합리했다. 젖탱이 개돼지(철수의)가 젖탱이 개돼지(아버지의)를 매질했다. 나도 아버지를 매질했다. 아버지는 엄청 세게 맞았고 나도 눈물 흘렸다. 젖탱이 개돼지(두밴교의)가 젖탱이 개돼지(아버지의)를 매질했다. 지금 아버지를 매질하는 것은 나인가 젖탱이 개돼지인가? 아니다, 그것은 아버지였다. 젖탱이 개돼지도, 나도, 아버지의 젖탱이 개돼지도 아닌 아버지 였다. 아버지가 강요한 것이니 아버지였다. 아버지는 우리 모두의 젖탱이 개돼지들을 매질하고 계셨다. 무언가 크게 잘못됐음을 깨달았고, 심하게 매를 맞은 아버지는 다리가 풀려 쓰러지셨고, 나는 매질을 멈췄고, 아버지가, 그 아버지가 눈물을 흘리셨

다. 처음 보는 일이었다. 〈모든 것이… 잘못됐어…. 모든 것이… 되돌릴 수 없이 잘못됐다….〉

그러나 딱 그때뿐이었다. 우리는 다시 기계 자연의 날카로운 품 안으로 돌아갔다. 주인을 알아본 기계들이 아버지, 철수, 나, 우리 젖탱이 개돼지를 주인으로 알고 손수 손 위에, 엉덩이 아래에, 침대 곁에 기계 화면을 틀었다. 아버지의 장례 후 나는 7년간 아버지가 쓰던 그 방에서 부전자전 아버지와 같은 모습으로 세월 보냈다. 할머니 할아버지는 나이 드셨고 구부정한 몸을 이끌고 안타까운 나를 위해 돈을 벌어다 주셨다. 철수가 병원에 입원했다고 해서 안 가볼 수 없었다. 3년 만인가. 참 오랜만에 집을 나왔다. 햇살은 따뜻했고 살짝 어지러웠다. 철수는 엉덩이를 다쳤다고 했다. 병상에 큰 떡처럼 누운 흑빛 철수가 자초지종을 설명했다.

〈힉힉… 목을 매달았는데 힉힉… 나무가 부러졌어. 튼튼한 놈으로 골랐는데 말이야. 힉힉… 가시밭에 떨어져서 엉덩이를 다쳤지 뭐야.〉

〈왜… 죽으려고 했어…?〉

선글라스를 살에 건 내가 물었다. 몸을 뒤집으려다 실패한 철수는 〈힉힉〉 태초부터 귀여운 그 선한 웃음, 그 순수한 뚱뚱이만의 웃음을 보였고 다음 말을 하기에는 호흡이 부족했다. 그러나 나는 벌써 이해가 됐고 충분히 공감이 갔다. 우리는 살아서는 안 되는 사람이 돼 있었다. 과학반 영재이자 물리학자를 꿈꾸던 철수에게 살짝, 아주 살짝의 어긋난 터치를 가했을 뿐인데 철수는 젖탱이 개돼지로써 완전 몰락했다. 정확히는 젖탱이 개돼지가 철수를 보기 좋게 몰락시켰다. 아주 작은 어긋남, 아주 작은 수동적인 오락거리의 허용, 아주 작은 불씨를 지폈을 뿐인데 말이다. 철수는 곰팡이 한 개가 전체 곰팡이를 피우듯 대표 모범 젖탱이 개돼지가 되어 자유가 전멸되고 만 것이다.

쫀득하게 살이 퍼진 철수에게 몇 킬로냐고 물었다. 우리는 〈흭흭〉 대며 웃었다. 너무 많이 나갔기 때문이다. 살이 그렇게 많이 붙은 것은 너무 우스웠기 때문이다. 나는 쾌유를 빌며 응원의 메시지를 보냈고 병원을 나왔다. 걸으니 무릎이 아팠다. 가슴과 배가 무거웠다. 나오면서 죄책감이 들었다. 하지만 딱 그때뿐이었다. 병원을 나오자 휴대폰은 이것저것에 대한 결과를 궁금해 하라며 직접 내 손에 스마트폰을 쥐여 줬고 나는 10분의 병문안 간 있었던 세계의 대소사를 속수무책으로 알아봤다. 나는 완벽히 수동적인 사람이 됐고 거기서 벗어날 수도 없었다. 능동적인 힘은 제로, 모든 것이 귀찮았다.

〈아아… 이게 아닌데…….〉 부스럭거리는 소리 뒤에 덜

컹거리는 소리가 이어졌다. 그것이 철수의 마지막 목소리였다. 철수는 친구로서 마지막 말을 전하고 싶었던 것 같다. 이게 아닌데, 이렇게 가 아닌데, 이건 아닌데, 생각했던 것과 다른데, 뜻과 다르게 잘못 이끌려 이렇게 왔네, 이렇게 가 버렸네. 철수는 부잣집 아들내미답게 장례식도 성대했다. 나는 친구가 죽은 스트레스로 집에서 피자를 시켜 먹었다.

도처에 아주 약간의 어긋남이 도사리고 있었다. 도무지 사람이 승리할 수 있는 환경이 아니었다. 아주 약간의 어긋남에 반하여 지속 저항해야 하는데 그것에는 거의 신적인 분별력이 요구됐고 그러므로 세상은 제어할 수 없는 영역의 무정부적 증식이 만연할 수밖에 없었다. 철수를 보내고 길에서 한 여자를 봤는데 그 여자도 마찬가지였다. 그녀는 미국물을 먹고 넋이 나간 아메리칸 인디언의 혼 빠진 얼굴로 휴대폰을 보며 거리를 방황했다. 완전히 얼빠진 모습, 그것은 딱 나이기도 했다. 반성을 하고 눈물도 흘렸는데, 딱 그때뿐이었다.

도쿄 그리스

 경지는 일관된 철학을 갖고 있었다. 비싼 게 좋다는 것이다. 좋은 회사, 좋은 직장, 좋은 집, 좋은 차는 비싼 회사, 비싼 직장, 비싼 집, 비싼 차였고 고로 경지는 좋은 삶은 비싼 삶이라고 했다. 경지는 비싼 회사에 가고 비싼 집에 살아야 한다고 했다. 좋은 옷, 좋은 음식, 좋은 동네에서 좋은 마사지를 받고— 비단 이에 그치지 않고 비싼 종교, 비싼 책, 비싼 철학을 갖추고— 좋은 결혼, 좋은 친구, 좋은 강아지까지 가지면서— 그는 일관되게 비싼 것을 좇아야 한다고 했다.

경지는 경지 말마따나 성공한 인생의 모범이 되는 좋은 사람으로 보였다. 비싼 와인에 비싼 치즈, 비싼 안주에 비싼 집기로 대접하는 경지는 누가 봐도 부러운 인생을 살고 있었다. 경지를 만나고 나는 회사에 가기 싫었다. 원래 가기 싫었는데 더 가기 싫었다. 감히 따라갈 수 없는 경지의 수준을 보니 의욕이 떨어졌다. 경지의 말대로 비싼 게 좋다면 죽어도 개보다 좋은 삶을 살 수 없었다. 전쟁이 나면 좋겠다.

즉시 회사를 그만둔 나는 진로를 고민했다. 최고가 되고 싶었다. 회사를 그만둔 사실을 경지에게 자랑했다. 나는 이제 너랑 달라. 다른 노선을 탔어. 다른 차원의 비쌈을 획득할 거야. 나는 부자가 목표가 아니야. 나는 내 꿈을 좇을 거야. 경지는 잘했다면서 (진짜 열 받았다) 시골에 오피스텔 하나를 보유하고 있는데 거기서 머리 좀 식히고 오라고 권유했다. 생각을 정리할 시간을 가지라며 흔쾌히 권하는 재력이 진짜 열 받았다.

나는 시골에서 전쟁을 일으킬지 말지 고민해보기로 했다. 그렇지만 아무리 생각해도 굉장히 열 받는 상황이었다. 경지가 좋은 것들 위에 눌러앉아 좋은 것을 누리면서 긍정적인 사고를 한다는 사실 말이다. 나에게 선의를 베푼다는 사실 말이다. 고로 어떻게 보면 전쟁은 당연했다. 경지가 말한 시골에 호랑이 워터 파크라는 것이 물이 좋다고 하니 거기나 한번 가봐야지 했다. 나는 곤충 채집과 워터 파크, 두 개의 계획을 세우고 시골로 향했다.

자양동에서 시골까지는 모닝으로 네 시간, 오피스텔 1006호에 짐을 풀었다. 라면을 끓여 먹고 좋은 옷으로 갈아입은 뒤 목적지로 향했다. 일단은 워터 파크였다. 시골 풍경은 경치가 좋았다. 논두렁을 통과하고 관개 수로를 밟으면서 명소로 향했다. 풀잎을 뽑아 휠릴리 피리도 불어보고 마음대로 여유롭게 길을 가다가 앞으로 어떻게 살아야 할지도 잠깐잠깐 생각했다. 염소가 풀을 뜯고 있었다. 나비가 날았다. 풀향기가 가득했다. 목적지가 나왔다. 주차장이 보였다. 차들이 많았다. 사람이 없을 것 같은 장소에 차가 꽤 많았다.

「웰컴 투 워터 파크」

풀장 앞에는 경호원이 있었다. 경지가 준 티켓을 보여주니 경호원이 경례를 박았다. 웨이터가 나를 4번 테이블로 안내했다. 테이블은 튜브였다. 맥주 세 병과 위스키 한 병이 기본 제공됐다. 여기서 여자를 만나는 것이다. 사람들은 이런 데서 여자를 만나면 병에 걸리네 뭐다 하지만 나는 여유가 없었다. 예방만 잘하면 됐다. 사람들은 이런 데가 문란하네 뭐네 하는데 나는 급했다. 엉덩이가 급했다. 신나는 음악이 나왔다. 물총을 쏘고 난리였다. 광선이 이리저리 풀장을 비췄다. 나는 음악에 맞춰 엉덩이를 흔들었다. 내 테이블을 보고 한 여자가 접근했다. 요즘은 여자가 들이대는 시대라니 얼굴만 준비되면 되는 것이다.

"혼잔가 봐요?"

"예."

"한잔해도 될까요?"

"예. 웨이터! 잔 하나!" 나는 무료 술을 줬고 여자는 기꺼이 가까이에서 그녀의 체취를 줬다.

"이런 음악 좋아하세요?" 그녀는 어색함을 달래기 위해 먼저 말을 건넸다.

"예."

"아, 그러시구나."

"마셔요."

"네."

"혼자 오셨어요?" 내가 물었다.

"아뇨, 친구들이랑 왔어요. 친구들은 저쪽에."

친구들은 스탠드 위에서 춤을 추고 있었다. 이렇게 저렇게 흔들면서 리듬을 탔다. 스탠드 천장에서 물이 쏟아졌다. 친구 중 하나가 팔을 들고 입으로 꺄아- 라는 소리를 냈다.

"결혼하기 전 친구들끼리 놀러 왔어요."

"누가 결혼해요?"

"녹색 비키니."

"아하!"

풀장 전체에 인공 파도가 쳤고 그녀가 먼저 들렸고 내가 들렸다. 그녀가 내려오고 내가 내려왔다.

"송미래에요. 그쪽은? 말 편하게 할까요?"

"김미필이야. 어디서 왔어? 웨이터, 위스키! 돌얼음! 그래 이렇게 위스키를 조금 붓고—" 나는 내 얘기를 조금 했다. "회사를 다녔는데, 이건 아니라고 생각했어, 아니란 걸 아는데 계속 살 수 없었어, 그래서 그만뒀어, 스티브 잡스가 그랬잖아, 거울을 보고 물어보라고, 마지막 날이면 그렇게 살겠냐고, 어느 날부터인가 진짜 못하겠더라고, 그래서 그만뒀어. 그만두고 여기를 온 거야."

"아예 때려치고? 이제 뭐 하게? 계획 있어?"

"계획은 없어. 며칠 전 퇴사하고 여기 왔어. 나도 좀 막무가내지."

"하고 싶던 거라도?"

"전혀. 없어. 꿈을 가져본 적이 없어."

"나도 꿈 있는 남자는 별로야."

알 수 없었다. 뭘 할지, 한동안 엉덩이를 씰룩이며 생각해봤지만 알 수 없었다. 대체 내가 뭘 원하는지, 스스로에게 묻고 뇌와 기억을 헤집어봐도 답은 나오지 않았다. 원하는 게 없을 수도 있었다. 원하는 게 없는 것도 가능했다.

"나도 모르겠어. 근데 나는 너는 조금 원해."

미래가 웃었다. 미래는 싫지 않은 눈치였다. 나 스스로 원하는 게 무엇인지 모르겠는 나는 눈앞에 있는 미래를 원하기로 했다.

"너 웃기다. 내가 어떤 미래인 줄 알고."

"상관없어."

"그래? 한 번 볼까? 미필, 우리 친구들이 웃긴 게 뭔지 알아?"

"각자 기술이 있나?"

"봐봐." 미래는 스탠드에서 춤추고 있는 친구들에게 손짓했다. 미래는 손을 내밀고 얘들아 이리 와봐- 아아- 라고 소리 냈다. 친구들이 모였다.

"우리들 이름이 뭔지 알아? 우리 이름 모두 미래야. 결혼하는 이 녹색 비키니 빼고. 웃기지 않니? 우리 모두 동창이야. 세 미래."

(송미래)는 잘 나가는 프랜차이즈 점주로 현재 직원을 모집하고 있었다. "원하면 널 써줄게."

(유미래)는 여의도 증권사 직원으로 면접을 진행해주겠다고 했다. "경력도 있다면서. 뽑아줄지는 몰라도 인터뷰는

추천할 수 있어."

(전미래)는 ---으로 ---를 해줄 수 있다고 했다. "지금 당장 가능해."

미래들은 나의 휴먼 포스를 두고 선의의 경쟁을 했다. 그녀들은 무료 술을 먹었고, 나는 무료 상담을 받았다. 인공 파도가 쳤고 미래 셋이 들렸다. 그다음 약혼녀가 들렸고 내가 들렸다. 미래 셋이 내려왔고 약혼녀가 내려왔고 내가 내려왔다. 우리는 튜브 테이블에서 술렁였다. "화장실 좀 다녀올게." 나는 화장실을 다녀오겠다고 했다.

철퍽철퍽 푹푹, 물을 갈랐다. 눈앞에 미래 애 셋이 있었다. 내가 피하고 싶은 오직 하나는 나중에 돼서야 '아! 이런 선택을 했어야 했는데!' 후회를 하는 것이었다. 뒤늦게 깨닫는 것은 정말 싫었다. 그것만큼은 피하고 싶었다. 우리 아빠가 그랬기 때문이다. 어떻게 살아야 했는지 뒤늦게 깨닫고 후회를 하시면서 노년을 쓸쓸히 보내셨다. 너는 후회하지 말아라, 잘 살아라, 인생은 한 번뿐이고 금방 지나간단다. 예, 아버지. 하지만 방법을 모르겠네요, 전 어쩔 수 없는 바보인가 봐요! 누구를 따라야 하나요!

화장실을 가는 동안 누구 하나가 풀장으로 뛰어들었다. 큰물이 튀겼다. 짐승 새끼 같은 큰물이었다. 돌아오는 길에도 다이빙대에서 누가 또 뛰어들었다. 전문 수영인이었는지 그는 쏙 들어갔다. 테이블로 돌아왔을 때 미래들과 약혼녀가 과일 안주를 시켰다. 게임을 시작하겠다고 했다. 약혼녀는 포도 몇 알을 먹고 게임에 참가하지 않았다. 진행을 맡았다.

(송미래)가 바나나를 벗기고 야하게 혀로 낼름였다. 두툼 성형 입술로 바나나를 할짝거렸다. 조금 넣었다 뺐다. 야금야금 깨물었다.

(유미래)가 딸기를 들고 립스틱이 가득 묻은 입술로 안쪽까지 딸기를 넣었다. 탱글탱글한 입술 안쪽으로 딸기를 비볐다. 고개를 돌려 불룩 튀어나온 과육을 핥다가 앙하고 깨물었다.

(전미래)가 ---를 ----해서 먹었다. 전미래는 키위에 비타민이 많다고 했다.

진행을 맡은 약혼녀는 이제 고르면 된다고 했다. 누구를 고를 것이냐. 나는 1번, 2번이 갖고 싶었다. 1번은 먼저 말을 걸어준 사람이기도 했고 살짝 호감을 나타냈으며 외모적으로 그녀의 도톰한 성형 입술이 살짝 내 이상형이었다. 2번은 귀엽고 섹시한 스타일의 귀섹형 미인이었고 아무래도 친구들이 가장 인정을 해줄 그런 외모를 갖고 있었다. 1번을 고르면 2번을 후회하지 않을까. 2번을 고르면 1번을 후회하지 않을까. 아니면 진국같이 비타민 챙겨주는 여자를 고르지 않은 걸 후회하지 않을까!

"세 여신 중 하나를 선택하라니 몸 둘 바를 모르겠네요. 허허!"

"불 끄면 다 똑같아요. 뭘 그렇게 고민하세요!" 약혼녀의 말이었다. 나는 그게 무슨 말인지 처음에는 이해가 가지 않다가 와 약혼하면 이 정도구나 하고 생각했다. 그러나 나는 도무지 선택을 할 수 없었고 "나는 선택 장애다."라고 알렸다. "그러면 나중에 고르세요!" 약혼녀의 진행이었다. 송미래가 서운해했다. 당연히 자기 아니냐고. 그리고 입맛을 다셨다. 음— 음— 나는 뒤로 돌아 IP68 방수·방진 핸드폰을 꺼내 제비뽑기 프로그램을 돌렸다. 인공지능에게 선택을 맡겼다. 2번이었다. 좋은 선택이었다. 결과를 말하려고 돌아선 순간, 1번 송미래가 다리를 살짝 벌리고 중요한 곳의 은밀하고 부드러운 부분을 슬쩍 보였다. 말문이 막혔다. 일부러? 우연히?

믿을 수 없는 광경이 한 번 더 이어졌다. 송미래의 벌린 그곳에 수면에서 빨판이 튀어 나와 달라붙었다! 여러 개의 발이 뒤이어 그녀의 허벅지에 달라붙었다. 문어다! 그녀는 팔을 벌리고 꺄아— 라는 소리를 냈다. 문어가 그녀를 선택했다. 엉큼한 녀석은 뽁뽁이 발을 부드러운 부위에 갖다 댔다. 나는 송미래에게 달려가 문어를 뗐다. 촉감이 굉장히

도쿄 그리스

흐물텅거리는 녀석 덕분에 그녀를 조금 만질 수 있었다.

"문어!" 약혼녀가 소리쳤다.

"문어!" 일대가 동시에 합창을 하며 광란에 빠졌다. 광선도 광란의 광선 긋기를 했다. 수영 선수가 우리 테이블로 왔다. 발렌타인 100년 산을 줬다. 그러니까 이것은 행사였다. 아까 다이빙대에서 뛰어내린 사람이 문어를 풀장에 푼 것이고 문어가 택한 사람이 최고급 위스키를 받는 행사였다. 빨강, 파랑, 노랑 조명이 서로 엇갈려 우리 테이블을 비췄다. 사람들이 환호성을 지르고 축하해줬다. 모든 삼원색이 위스키를 비추니 호박색이었다.

나는 고민했다. 기계 선택(2번)인가, 자연 선택(1번)인가? 결국 2번 유미래 양을 택했다. 나는 그녀에게 비싼 술을 따랐고 나도 받아 러브샷을 했다. 술은 부드럽고 썼다! 수영 선수가 문어를 가지고 갔다. 케이지에 넣었다. 잠시 후 문어 튀김이 나왔다.

나는 유미래를 따라갔다. 그 말은 다시 말해 송미래, 프랜차이즈 가게와 멀어졌다는 것이고— 그 말은 다시 말해 전미래, ---와도 멀어졌다는 것이며— 그 둘을 저버리고 유미래를 따라갔다는 말이었다. 우리는 오피스텔로 갔다. 미래는 원피스를 나풀거리며 걸었다. "걸어도 괜찮아? 인스타 해?" 나는 그녀에게 팔로우 요청을 했다. 흔쾌히 허락해 줬다. 여의도 증권사에서 일한다는 그녀는 캐주얼 정장 차림이 매력적이었다. "회사는 얼마나 다녔어?" 우리는 시시콜콜한 대화를 나누면서 농수로를 지났고 휠릴리 풀잎을 뽑아 풀피리를 불었다. 1006호의 문을 열자 순순히 미래가 따라왔다. 미래는 다소 자극적인 자세로 신발을 벗었다. 그녀의 체취가 번졌다. 미래의 향기는 부드럽고 감미로웠다. "경치 좋지?" 백악산의 능선이 그대로 보이는 마운틴 뷰였다.

그녀는 화장대로 가 주섬주섬 편의점에서 사 온 것들을 꺼냈다. 나는 그녀 뒤로 가 밀착하지는 않고 심의를 준수하면서 거리를 두고 그녀 뒤에서 일을 봤다. 향기로운 냄새가 났다. 그녀가 정리를 마치자 나는 아무것도 안 했소, 휙 돌아섰다. 미래는 레드불을 꺼냈고 나는 맥북을 열었다. 우리는 밤새 질펀하게 자소서를 썼다. 여기서 제대로 잘못 만지면 나는 신고를 당할 것이었다. 깊은 밤이 됐다. 음탕한 마음이 들었다. 자소서를 중단하고 야동을 트는 것 말이다. 야밤에 습관이 돼 있었다. 그러나 유미래가 있어서 그럴 수는 없었다. 미래는 농협에도 자소서를 쓰라고 추천해 줬다. 자기 회사 자소서와 그곳 자소서 질문이 다수 겹친다고. 해가 뜨는 것이 보였다. 미래는 피곤하다며 침대에 널브러졌다. 기회였다. 향기로운 미래가 침대에 눕자 나는 의자 뒤

도쿄 그리스

에 가방을 걸쳐 시야를 차단하고 야동을 틀었다. 그러나 너무 졸려 볼 기운이 없던 나는 곧 잠이 들어버렸다. 미래 옆에서 통나무처럼 곧게 누웠다.

상쾌한 아침. 기상과 함께 거대하게 부풀어 오른 나의 거물을 그녀가 손으로 닦아주고 있었다. 나는 비염이 있었는데 자는 동안 콧물이 크게 부풀고 말았던 것이다. 미래는 부드러운 티슈를 사용했다. 미래의 보호를 받는 순간 나는 순한 강아지가 된 기분이었다. 미래는 씻고 나가자고, 자신은 준비가 됐다고, 자신의 길을 따라 걷자고, 뜨끈해진 나에게 권했다. 하지만 나는 아직 코를 풀지 못하고 있었다. 킁킁! "미래에게 이런 모습을 보여 미안해. 하지만 숨을 못 쉬겠어."

"코를 따뜻하게 덥히면 좋을 거야."

우리는 식당에 가서 밥을 먹고 2차로 카페에 갔다가 다시 식당에서 밥을 먹었다.

"내 친구 중에 모든 걸 다 가진 친구가 있는데 결혼도 부잣집 따님이랑 했고 그 친구 생각을 하면 내 미래도 비교된다! 우리는 어떻게 해도 따라잡지 못할 거야!"

"미필, 하지만 너는 네가 선택한 미래를 따라 여기까지 왔잖아. 나와 함께 길은 제시된 거야. 너는 네가 선택한 길을 가면 돼."

"경지가 좋다고 한 것 중에 하나라도 가질 수 있을까? 그 친구는 비싼 것이 좋다고 했어. 우리는 물레방아, 고무줄놀이, 벌레잡기, 물수제비놀이에서 놀아야 한다고. 그게 우리 수준이야." 나는 울었고 미래는 휴지를 건넸다. "무엇을 한다고 해도 자본주의 사회에서 어차피 따라가지 못할 건데 왜 해야 하지? 수준차는 계속돼. 경지가 가진 것은 무한량이고 계속 증가할 것이고 경지는 나를 영원히 내려 볼 거야." 나는 경지에게 부자의 길에서 벗어났다고 자랑한 것이 떠올랐다. 근데 또 이렇게 지원서를 넣고 있다니! "유미래 미안, 유장타 증권 입사 지원은 취소할게."

우리는 바다가 보이는 전망의 창가에 앉아 있었다. 밤이 도달하기 전 밤은 바다에 긴 레드 카펫을 먼저 깔았다. 당도한 밤은 카펫을 말고 빨갛고 파란 별을 자신의 가슴에 달았다. 항구는 심하게 조용했고 밤이 깊어질수록 밤은 바다를 보다 무겁게 눌렀다. 그러다 방귀 하나가 터지고 뽕— 우는 뱃고동 소리가 새벽을 알려 우리는 밤을 떠났다. 밤이 떠나고 난 하늘은 새하얘졌다.

우리는 워터 파크로 돌아갔다. 오늘의 미래들은 각자 임자 하나씩을 끼고 있었다. 나는 그들의 테이블에 합석했다. 나는 1번 미래, 송미래의 임자를 보며 그녀의 남자가 된 상상을 했다. 송미래를 선택할걸! 나는 3번 미래, 전미래의 임자가 된 상상도 했다. 전미래를 선택할걸! 최악의 선택을 한 것 같았다. 적어도 머리는 그랬다. 나는 유미래와 헤어지기로 했다. 약혼녀에게 말했다. 약혼녀는 스와핑을 제시했고 눈이 번쩍 뜨이는 제안이었다. 약혼녀는 역시 막 다 아는구나! 동참자를 찾았다. 3번 남자가 손을 들었다. 나는 3번 남자와 미래를 스와핑했다. 나의 머리는 꽤 흡족해했다. 적어도 머리로는 그랬다. 나는 3번 미래, 전미래와 오피스텔로 향했다. 리바이스 청바지에 배꼽티를 입은 전미래는 먼저 말을 걸어주는 스타일이었다. 배려심이 좋았다. 우리는 이런저런 대화를 나눴다.

"방에 가면 네가 지금까지 찍은 영상을 모두 편집해 줄게." 미래.

"좋아! 오늘 촬영할 영상도 부탁해. 문질러주기로 한 것도 해주는 거지?"

그러나 나는 오피스텔의 반도 못 가 경지가 떠올랐다. 이 미래와도 경지를 따라가지 못할 것이란 그 병이 또 도졌다! 아, 경지는 참 난관이었다!

"전미래, 미안. 너와도 미래를 못 하겠어. 스와핑도 소용없어. 돌아가자."

약혼녀는 워터 파크에서 음악에 맞춰 신나게 춤을 추고 있었다. 돌아온 나를 발견했다.

"무슨 일이에요? 싸웠어요?"

"죄송해요. 못하겠어요."

"괜찮아요. 미래가 없는 사람은 많아요. 미래를 돌려주세요." 나는 미래를 반납했다. 나는 다시 혼자가 됐다. 어떤 미래도 경지가 막고 있었다. 무엇을 해도 우주 항공 스페이스십에서 혼례를 치렀다는 그를 따라갈 수 없었다. 부는 부당했다. 역시 전쟁뿐. 나는 손을 부들부들 떨며 튜브 테이블을 내리쳤다. 물이 튀었다. 가슴이 젖었다. 약혼녀가 할 일이 없으면 산이라도 가보라고 했다.

"길을 쭉 따라가면 경치도 좋고 길도 쉬워요!"

"안 가요, 안 가! 나는 심히 중요한 고민 중이라고요! 1번! 2번! 3번! 100번! 어떤 미래도 경지를 따라갈 수 없다고! 나는 좋은 삶을 살 수 없어요! 저는 병약하고 힘없는 노인이 돼서 경지의 머슴 노릇이나 해야 한다고요! 망사 조끼에 여러 연장을 걸치고서! 제기랄 제 마음을 아세요!" 경지는 순 황금, 나는 흑탄이었다. 그리하여 어쩔 수 없이 단 하나의 선택, 경지에게 날카로운 것을 들이대기 위해 경지의 집을 찾았다. 휠릴리— 날카로운 것을 준비해서.

"생각은 잘 정리하고 왔어?"

너그럽고 인자한 태도, 진짜 열 받았다.

"생각을 정리했지. 이게 내 생각이야."

나는 예리한 것을 꺼냈다.

"뭐야! 왜 친한 친구인 나에게 날카로운 것을 드리우는 거야!"

"내 날카로움의 맛 좀 봐."

"잠시만! 으악! 잠깐! 내가 너에게 사업을 줄게."

"무슨 사업?"

"워터 파크 갔다 왔지. 그곳 야란리에 지하철 2호선을 뚫을 거야, 쥬씨— 그 사업을 네게 전임할게! 안 그래도 너에게 그 사업을 주려고 갔다 오라고 한 거야!"

"너 즉흥 생각이지? 어떻게 그걸 믿어."

"진짜야. 서울부터 시골 야란리까지 지하철 2호선 개통 사업의 총괄 책임자 프로젝트 매니저 김 총책으로 널 임명해줄게. 이제 그만 그 날카로움은 놓아."

나는 더 나올 것이 있는가 하여 더 위협했다.

"몰라. 그냥 이걸 확!"

"지하철역에 네 이름도 붙여줄게! 괄호치고 김미필! 야란리 역(김미필)!"

"그걸 어떻게 믿지?"

나는 관절을 펴서 섬세한 것을 조금 더 들이밀었고 경지는 두 손을 번쩍 들고 항복을 했다.

"인증샷을 남길게. 그대로 있어 봐. 동영상을 촬영할

게." 경지는 스마트폰으로 영상을 찍었다. "우리는 지금 이런 상황이다. 가만히 있어 정지. 친한 친구인 미필이 나에게 예리한 것을 드리웠다. 이젠 네가 찍어줘. 나는 이렇게 항복을 했고 사업을 줄게! 라고 말했다. 이것은 인증샷이고 법적 유효성이 있다. 자 됐지. 우리 계약은 성사됐어. 이 영상을 네게도 보내고 유튜브에 올릴게."

경지가 영상을 보냈다. 그의 메신저 프로필에는 멋진 서양화 작품 앞에서 찍은 단독 사진이 있었는데 진짜 열 받았다. 기품있는 모습. 아아, 참자, 참자! 경지는 내게 사와건설 신사업개발팀 프로젝트 총괄 최고 매니저 으뜸 엑셀런트 프리미엄 직함을 줬다. 나는 탄소인증 티타늄 곡괭이를 들고 서울에서 야란리까지 땅굴을 팠다. 물론 직접 판 것은 아니고 사람을 이용했다. 티타늄 곡괭이와 안전모는 분위기 용이었다. 나는 작업자들에게 지시를 내렸다.

"앞으로 가! 옆으로! 앞으로 가! 옆으로! 지금 몇 시지? 오늘은 여기서 그만! 여기가 어디냐. 여기가 어디야, 비서? 여기가 어디지? 그래, 표시해. 오늘은 그만! 해산!"

나는 이 일을 좋다고 했다. 경지가 인정한 비싼 것을 구매할 만큼의 보수를 줬기 때문이다. 고로 이 직업은 좋은 직업이었다. 그게 전부가 아니었다. 2호선을 개통하면 통행료 일부도 인센티브로 받기로 했다. 고로 나에겐 미래가 기다리고 있었다. 자동으로 현금이 들어올 현금 미래가. 누구와도 스와핑하고 싶지 않은 미래, 유아독존의 미래가 기다리고 있었다. 두더지로운 호화생활이 계속됐다.

2

"이보게, 친구. 우리에겐 미래가 없다네. 뭘 그리 고민하나. 앉아서 내 얘기 들어보게. 이 말을 명심하게나. 우리에겐 미래가 없다네. 무슨 일을 해도 거기서 거기야. 약간의 선견지명만 있으면 알 수 있지. 그러니 너무 멀리 가지 말게. 우리의 곤욕은 주어진 걸 넘어 조급하게 얻으려는 데에서 비롯된다네. 그게 주는 즐거움은 부정할 수 없으나 그 또한 시간이 지나면 아무것도 아니게 됨을 명심하게나. 지푸라기라도 잡는 심정으로 그걸 좇는다는 건 이해하네. 옳아. 인간에게 진정한 즐거움은 없어. 그 점에서 우리는 불운하지. 자본주의는 그 점을 잘 파고들었어. 그러나 자본주의에서 우리는 허무하기만 하다네. 눈앞의 뼈다귀를 좇는 개의 열정을 지녔다가 얻고 나면 아무것도 느끼지를 못하지. 속은 기분이 들었다면 진정 이 시대를 살고 있다는 증거라네. 고민은 잠시 멈추고 여기 내가 준비한 빵 한 조각을 먹어보게나. 여기 삶은 감자도 먹어보게. 여기에 강원도가 담겼어. 물 한잔하고 소주도 한잔하게."

이장님은 자신이 데려온 소를 쓰다듬었다. 소는 소 식빵을 굽고 잠시 쉬었다. "이게 내가 삶에서 배운 총체적 관점이라네. 이렇게 좀 아프다가, 가는 거야. 우리에겐 미래가 없다네." 이장님은 흰 천으로 덩그러니 치장한 소를 타고 강남 일대를 돌고 계셨다. 그가 입고 있는 홍보 조끼에는 다음과 같은 야란리 홍보 문구들이 새겨져 있었다.

「지하철 2호선 개통!」
「파이낸셜 센터 준공 예정!」
「최고 화제거리인 천혜 자연 풀 파티장 있음!」
「금세기 최고의 투자처!」

신사업 총괄 매니저 으뜸 지점장 베리굿 젠틀맨 미필은 유세 차량 마이크를 잡고 이장님을 따라갔다.

"이 아저씨는 지금 무슨 말을 하고 계신가. 경지에게 예리함을 드리움으로써 나는 총괄 매니저가 됐다. 그리고 이 아저씨가 한 이야기는 또 무엇인가. 미래가 없다고? 나는 손상 없는 부자가 되면 위대한 사람이 되리라 생각했다. 당신, 거기 검정 모자, 지하철 요금을 수시로 받는 사람을 상상해본 적 있는가? 자동 무제한 수금의 현금 부자를? 그렇게 된다면 나는 원하는 것 모두를 살 수 있고 부의 경지에 이를 수 있다. 부의 경지는 대단히 좋은 것 아닌가? 그런데 이 피리 부는 노인은 왜 미래가 없다고 하는가. 나와 미래의 혼례를 막는 것인가? 또 나의 말투는 왜 이런가?"

미필의 등에선 웅장한 광고 영상이 나왔다. 성우를 써서 만든 파괴적인 영상이었다. 그는 쥐고 있던 마이크로 광고 영상 판을 마구 내려쳤다. 피리 부는 이장님은 깨지는 소리와 비명("우오오오!")을 듣고 피리를 중단하고 그에게 갔다.

"도와드립니까?"

"에랏이!"

미필은 마이크를 내동댕이쳤다. 찌그러진 마이크가 굴렀다. 운전수도 운전을 멈추고 나왔다.

"왜 그러십니까 총괄 사업자님?"

"맘에 들지 않아! 영상 누가 만들었쒀!"

영상 판에는 구멍이 숭숭 났다.

"그러지 말고 이 앞에서 국밥이나 한 그릇 하고 갑세. 우리도 먹으면서 해야지요."

소를 유세 차량 안에 넣고 차량을 주차장에 넣었다. 미필과 이장님, 수행원은 국밥집으로 갔다.

"특 세 개요!" 수행원이 주문했다.

"제 앞길을 막으시는 건 위험합니다. 저의 미래가 부럽다면 말을 하십시오. 제가 미래와 만나는 것을 방해하면 저도 한 가지 방법밖에 없습니다. 저에게 미래가 없다니요!"

"앞으로 그런 말은 하지 않겠네. 사과하네."

"미래와의 혼례를 방해하는 사람은 어쩔 수 없습니다. 무례했던 점은 즉시 사과드립니다."

그들은 보글보글 국밥에 양념장을 풀어 한 그릇 먹고 일어났다. 미필이 계산했다. 파란 하늘에 구름이 유유히 떠갔다.

3

"호이야! 탕탕! 탕, 타당, 탕탕!" 흰 타이즈의 체조 선수가 평형대를 날아다녔다. "탕! 탕탕! 탕구르르, 탕탕! 호잇!" 양팔을 쫙 벌려 와이 자로 선 선수 균형을 잡으면서 예술 점수 획득! 선수는 평형대에 충실했다. 그의 종아리는 갑각류의 그것처럼 납작하고 딱딱했다. 체육관에는 그만 있는 것이 아니었다. 선수를 지도하는 코치, 매트에 달라붙은 살 껍질, 공중에서 패대기쳐지는 유도 선수, 회오리 끈을 돌리는 리듬 체조 선수 등 다양했다. 야란리 체육관은 운동부 전지훈련 장소로 쓰였다. "우당탕탕 탕탕!" 경쾌한 뜀틀 소리가 하얗게 분진을 일으켰고 당당한 표정의 선수는 멋지게 굴렀음을 멋진 얼굴로 표현했다. 우쭐한 표정! 하나도 힘들지 않음!

미필은 마이크를 틀었다.

"아아, 아아! 당신들, 당신들, 당신들! 당신들 왜 돈 벌지 않고 운동하고 있는 거야! 그것이 좋다고? 당신의 종목이라고? 제발 돌아가! 돌아가서 일을 하란 말이야. 내가 좋은 자리를 알려줄게. 지하철 2호선 들어봤나? 당신들, 당신들! 그렇게 해서 뭐 되겠어? 당신들 뛰어난 것 같아? 기본적인 체력도 안 되는 레슬링 선수, 아무런 감흥도 없는 평범한 실력의 연기자, 식상한 체조 선수, 재능 없는 다리의 육상 선수! 애매한 자들이여 그 애매한 것들을 왜 하는데? 돌아가, 제발 돌아가! 돌아가서 일을 하란 말이야. 당신들은 하지 말자의 기준도 없어? 왜 자꾸 그것을 넘보는 거야. 그것은 세계적인 사람들에게 넘겨줘! 가서 타일을 붙이자. 네가 개념미술을 만드느니 욕실의 타일을 붙이는 게 가치 있다. 세상을 봐라. 너의 재능 낭비에 세계가 신음하고 있어. 말이 당근을 못 본지도 오래, 그것은 모두 당신이 창작에 매달려 있기 때문이야! 정신 차려, 당신들! 당신들, 당신들, 당신들! 당신들 착한 사람들이잖아. 왜 이러고 있는 거야. 그것은 당신의 종목이 아니야. 그것은 신의 계시가 아니야. 당신들 속고 있는 거야."

선수 지망생 셋이 가방을 싸서 나갔다. 펜싱부, 역도부, 체조부. 미필은 지속 현 상태의 미완에인 근육, 미완적인 기술, 경지에 이르지 못한 실력을 꼬집으며 누구도 보장하지 못하는 신비의 영역을 공략함으로써 체육관의 선수들을 포기하게 했다. 효과는 확실했다. 반이 나갔다. 미필은 장장 3시간 동안 한국적인 안정성의 진로를 설파하며 미래에 대한 불안을 극대화한 결과 체육관에는 단 셋이 남았다. 그들은 그만큼 자기 종목에 충실했을 수도 천부적이었을 수도 귀가 먹었을 수도 있었다. 미필도 체육관을 나왔다. 체육관 출입구 밖에는 사와건설의 취직을 장려하는 상담사들과 서류작성 중인 선수들로 장사진이었다.

"수행원. 나 끝났다. 다 한다고 하나?"

"옙. 거절하는 이가 없습니다."

미필은 상담 중인 육상부 선수 하나에게 다가갔다. 상담사가 설명했다.

"지하철 2호선을 개통하는 큰 사업— 누구에게 말해도 다 아는 사업— 체육인에게는 고용 가산점이 있다— 급여는 업계 최고 수준— 인센티브는 매년 상하반기 두 번— 지금 저희 사업 총괄 매니저님의 이야기를 듣고 나온 분들에게는 특별 고용의 혜택도— 기숙사 제공 안 함— 기숙사

도쿄 그리스 155

생활 청산— 오피스텔 고—"

 육상 선수가 사인했다. 펜싱 선수가 사인했다. 수영 선수가 사인했다. 체조 선수가 사인했다.

 수행원이 사람들을 모았다.

 "현 시간부로 사와건설의 사원이 된 여러분은 저기 버스에 타시면 됩니다!"

 버스에서 도시락이 나왔고, 버스는 그들을 데리고 현장으로 갔다. 현장에 도착한 선수들 전부 내렸다. 그들은 각자 특수하게 발달된 신체 능력을 고려해 현장 배치됐다. 미필은 질서 있게 명령을 내렸다. 육상 선수는 지하철의 속도로 선로를 뛰어다녔다. 펜싱 선수는 쇠뭉치로 바위를 찔렀다. 역도 선수는 덤벨을 바위에 던졌다. 유도 선수는 떨어져나온 바위 조각을 뒤쪽으로 패대기쳤으며 육상 선수는 그것을 주워 지하철의 속도로 뒤로 날랐다.

 "다들 정말 힘들게 일하는구나. 모두 돌 먼지 뒤집어쓰고 새로운 노선을 개척하고 있어. 현장에서 보는 노동은 힘들단 말밖에 나오지 않는다." 미필은 감상했다.

 도시락이 나왔다. 게눈 감추듯 먹어치웠다. 저녁 4시에 일괄 퇴근했다. 신입 사원들이 짐을 꾸려 버스로 돌아가는 길에 굴착기가 도착했다. AI 굴착기는 투포환 선수의 무지막지한 힘보다 파괴력 있게, 역도 선수보다 강하게, 펜싱 선수보다 빠르게 땅굴을 팠다. 기계는 거침없이 나아갔다. 기계는 인간의 한계를 넘어서는 수준이 아니라 인간의 능력을 나뭇잎 한 장으로 보이게 할 만큼 강했다. 누르면 눌려졌고 찢으면 찢어졌다. 퇴근하는 선수들은 마음이 허탈했다.

"나도 퇴근할게. 맨 앞자리는 내 것. 완전 내 것. 뒤를 부탁해, 수행원."

"옙."

AI 포크레인이 엄청난 양의 바위를 한 번에 집어 뒤로 던졌다. 미필은 부서진 돌조각을 맞았다. 미필은 버스에 타고 선수들과 퇴근했다. 선수들은 시급으로 만 사천 원이었고 미필은 삼만 팔천 원이었다. 그런 이유는 여하간 노다지 경지가 친구였다는 행운과 그에게 날카로움을 보여줬다는 사실에 있었다. 부를 축적한 미필은 퇴근 후 스시 오마카세를 즐겼다. 1번 도미, 2번 전복, 3번 석화, 4번 등푸른생선이 나왔다.

퇴근한 신입 사원, 선수들에게는 특별한 현상이 일어났다. 선수들은 돈을 벌어 좋다는 마음과 동시에 자신의 지난 종목이 아쉽다는 마음이었다. 다시 도전해보고 싶은 마음이었다. 그런 현상은 집단으로 일어났다. 피부가 바다사자처럼 쫀득쫀득한 수영 선수는 물이 그리웠다. 곡괭이와 물

사이에는 큰 차이가 있었다. 그러나 맥주를 마시고 잤다. 얼굴에 파란 멍을 가진 복싱 선수는 링이 그리웠다. 곡괭이와 링 사이에는 큰 차이가 있었다. 그러나 라면을 먹고 잤다. 아쉽지만 직장으로 회귀하는 것이 그들의 일반적인 대응이었다.

체육인의 고용을 축하하는 의미로 사와건설 대표 경지가 현장을 찾았다. "미필, 목표를 달성해 기쁘고 당신을 축하하는 것으로 나의 기쁨을 표현하러 왔네. 모두 나에 관한 것. 내가 제일 좋아. 양질의 사원을 구했다니 미필 자네 대단하네. 역시 사람은 살아봐야 해. 자네가 내게 날카로움을 드리운 결과가 이렇게 될 줄이야. 당신의 예리함에서 여러 명의 노동자가 태어났다." 좋은 방향으로 가고 있는 대표의 기쁨을 미필도 나눠 가졌다. "포상으로 연애 프로그램에 출연시켜주지. 어때, 좋지? 미필, 자네는 사와건설 회장 아들(의 친구)로 나가는 거야. 와이프에게 얘기는 해놨어. 삼대 삼 미팅이야. 좋은 배우자를 만나야지. 자네도 결혼해서 보급형 경지로 살아야 하지 않겠나."

"출연 여성들의 미모에 따라 나의 결정은 좌우된다."

"그래서 사진을 준비해왔어. 자, 같이 볼까."

"오! 룩 앳 히얼 경지. 여기 좀 봐바. 이 사진은 사실인가? 나 가슴이 뛴다! 출연 결정!"

촬영에 나간 미필은 경지 다음가는 순서의 인물임을 알리기 위해 순은색의 은갈치 정장을 입고 녹화장을 나왔다. 남자 출연진은 다음과 같았다.

"김미필! 친구인데— 사와건설 회장의 아들인~!" 우오오오오! 일대 소란. 날렵한 턱선. 부잣집 아들 포스 연출. 나오는 것도 약간 귀티 있으면서 조심스러운 태도. 그다음 출연자 누구. 그다음 부와 명예 없는 사람 누구. 여자 출연진은 다음과 같았다. "제니 닮은꼴 누구! 아이돌 연습생 출신! 다음은 약사 미인 와인 전문가 서래 마을 출신 누구. 현대 문명을 거부하고 소박한 삶을 사는 나비 소녀 은비."

진행자 진행.

"미필 님은 여기 왜 나왔습니까? 굳이 나오지 않으셔도 될 것 같은데요."

"예비 배우자를 찾으러 왔습니다. 일하느라 시간이 없습니다."

"사업가라고 하시던데 요즘 한창 진행하시는 사업은 무엇인지요?"

"지하철 2호선 증축 공사를 하고 있습니다. 야란역의 사업을 하고 있습니다."

"벌이가 쏠쏠하실 것 같은데요. 혹시 얼마 가져가시는지? 두 장?"

도쿄 그리스 159

"이런 거 말해도 되나요. 세 장 정도."

"한 달에요?"

"네. 한 달에 세 장 정도."

우와. 일대 박수 세례. 진행자는 미필에게 장기 자랑을 시켰다. 미필 아파트 노래를 불렀다.

"별빛이 흐르는 다리를 건너— 저 아파트 다 내 꺼야 내 꺼— 이거 보는 사람 청약 다 돼라 다 돼— 아파트 다 내 꺼— 아파트 나 네 꺼— 다 우리 꺼— 다 우리 꺼 아루르 꺼—"

세 명의 여성 참가자들 중 둘이 미필을 선택했다. 그중 미필의 마음을 설레게 한 여성도 있었다. 미필도 그녀를 선택했다. 짝이 이뤄졌다. 둘이 진지하게 사귀었고 쾌속 결혼했다. 인터넷 기사에 속보가 올라왔다. "친구— 사와건설 회장 아들의! 김미필 군 결혼 예정!" 결혼도 했겠다 보급형 경지가 된 미필은 오리지널리티가 다소 떨어지긴 했지만 근사한 집에서 비싼 게 좋다는 철학에 맞춰 살았다.

야란리의 들판에는 바람이 불었다. 백악산은 변화를 부정하는 절대적인 존재처럼 그 어떤 인류의 대소사에도 그 모습 그대로를 유지했다. 염소가 풀을 뜯었고 닭이 지렁이를 쪼았다. 소가 꼬리를 흔들었고 개들이 뛰어놀았다. 야란리의 푸른 들판 한가운데 우뚝 솟은 파이낸셜 센터에는 수

천 명의 인파가 몰렸다. 개통된 야란역의 출구에서는 계속 사람들이 나왔다. 미필은 징수원을 고용해 나오는 사람마다 이백 원씩 걷었다. 이백 원 곱하기 수만, 미필은 부를 축적했다. 징수원은 바지가 벗겨질 정도로 호주머니를 가득 채웠다. 사업은 성공이었다. 보급형 경지가 된 미필. 경지에 이른다는 것은 무엇인가? 돈 걱정 없이 돈을 사용할 수 있다는 것. 소비가 주는 즐거움에 지속 기댈 수 있다는 것. 처자식도 그럴 수 있다는 것.

축하연, 호텔 중식 레스토랑, 작은 폭포수가 떨어지는 실내 디자인. 사업의 성공을 빌어 경지와 미필은 좌담을 나눴다.

"축하해 미필. 사업은 성공이야. 다음은 우리가 미리 사둔 파이낸셜 센터 옆 부지에 호텔을 짓는 거야."

"지하철역 앞에 말이지. 출구와 직통하는 곳에. 출구만 미리 만들어 놓은 그곳에."

"그리고 또 그 옆에는 네덜란드 건축가를 알선해 고급 주택을 짓는 거야. 이미 정치 쪽에서는 큰 손들이."

큰 이야기를 하는 그들은 마치 이러한 큰 이야기는 당연히 자신들이 나눠야 한다는 암묵적인 공감대를 형성하면서 탈인간화된 추상적인 좌담을 즐기며 크게 한몫할 다음 거리를 모색했다.

"그전에, 그전에 말이야. 우리 한번 여행을 가지, 미필. 도쿄 아니면 그리스로. 내가 살게. 또 내가 살게. 이번에도 내가 사게 해줘. 자네는 선택만 하게."

"아니, 내가 살게, 경지. 이번에는 내가 사게 해줘, 경지. 도쿄든 그리스든, 어디든 고르게. 동경이든 서경이든, 북경이든 남경이든 어디든 좋아. 어디든 내가 사게 해줘. 우리는 마음껏 갈 수 있고, 갔다 오면 15일 치 호텔 지어져 있다."

"미필, 이 중식당은 어떤가? 이 중식당도 우리가 살까? 모두 우리 마음이라네. 우리 안에서 움직이는 모든 것은 바깥세상에서 모두 똑같이 움직이게 할 수 있어. 나 경지야. 마음에서 중식당이 내 안으로 오면 밖에서도 내 안으로 온다."

"경지, 그것도 좋지. 여행도 갔다 오자고. 한 20일 갔다 오자. 왜냐하면, 20일 갔다 오면, 호텔이 20일 치 지어져 있다. 놀면서! 즐기면서!"

"좋아, 좋아! 웨이터! 항공편 준비! 어서! 비즈니스석으로! 오늘 준비해!"

경지와 미필은 각자의 처자식을 대동해 도쿄 하네다 공항으로 갔다. 여행을 본격적으로 시작하기에 앞서 그들은 먼저 미필의 아버지 묘가 있는 하네다 공항 근처 작은 산을 방문했다. 아버지가 그곳에 묻힌 것은 아버지가 일본인이어서가 아니라 ―또한 부동산을 소유하고 있어서도 아닌― 수많은 선택의 과정에서 어쩌다 그곳을 본인의 묘지로 택하게 됐기 때문이었다. 아! 미필은 그 때의 기억이 떠올랐다. "아."

아버지는 동해로 가는 길에 있는 집안의 성산에서 묻히길 기원했다가, 과연 성산의 어느 자리가 최적의 묫자리인지 고민하셨고, 뒤이어 새로운 산을 보자는 제안이 나왔고, 아버지의 묫자리를 찾아 전국 방방곡곡을 쑤시고 다녔다. 전남 목포에서였다.

"아버지 이곳입니까?"

"글쎄, 볼까?"

나는 아버지를 업고 전국의 산을 돌아다녔고, 아버지는 산을 일류부터 이류, 삼류까지 분류하셨고, 일류에선 일일류, 이일류, 삼일류로 분류해서 일일류 중 으뜸을 찾으려고 노력하셨다. 그러나 어느 날 우리가 가족 여행으로 일본에 도착했는데 그곳에서 갑자기 급격하게 상태가 안 좋아지시더니 도쿄 하네다 공원 근처의 산을 가리키고 숨을 거두셨다. 오! 선택의 문제. 미필은 손으로 얼굴을 가리고 고개를 푹 숙였다. "오 선택의 문제."

미필과 경지는 각자의 아내, 각자의 하나뿐인 자식을 데

도쿄 그리스

리고 묘비 앞에 섰다. 경지의 아들이 말했다.

"아빠, 왓, 저것 무엇이지? 여기 김미필 아저씨가 묻혀 있어요? 이름이 김미필이야."

"와우, 그렇네, 우리 아들 천재! 저 한자는 김미필이야. 어떻게 한자를 읽었지?"

"미필 아저씨가 외우게 했어요."

묘비에는 실제로 다녀오지 못한 김씨 가문의 사람, 김미필이란 이름이 적혀 있었고 알고 보니 김미필 아버지의 이름도 김미필이었던 것이다.

"이것도 에피소드가 있어. 하핫, 우리 아버지는 에피소드 장인이셨지. 들어봐 경지 주니어, 룩 앳 히어 나우. 아저씨 아버지는 어쩌다 나를 낳게 되셨어. 계획에 없었다고 해둘게. 어어? 이거 뭐야? 이 꼼지락쟁이가 내 아들인 것이야? 나는 아들이 태어나길 원하지 않았고 자식이 태어날 줄은 꿈에도 몰랐다. 그런데 갑자기 아들이 나왔으니 아들의 이름을 지어야 한다."

"0시 00분 아드님이 태어나셨습니다. 축하드립니다. 아드님 성함은 어떻게 되시죠?"

"나는 아들의 이름을 정하길 원한 적 없는데 —마치 배가 부른데 저녁 메뉴를 정하라는 요청처럼— 이름을 정하라고 하시네?"

"아드님 성함이 어떻게 되시죠, 아버님? 이 아이를 직접 받아보세요. 네, 잘 드셨네요. 들고 계신 그 꼼지락쟁이의 이름을 무엇으로 하시죠?"

"순간 숱한 이름이 머리를 스쳐 지났어. 당시 연예인 이름, 장관 이름, 옆 동네 삼촌 이름까지 스쳐 지났어. 그리고 그것들 전부 썩 마음에 들지 않았어. 하지만 산부인과 선생님은 아이의 체온이 떨어지고 있으니 10초의 시간을 주겠다고 했지."

"십, 구, 팔…… 삼, 이, 일! 영점오! 영점오의 영점오!"

"김미필! 어? 그건 내 이름인데? 그래도 김미필! 김미필로 가즈아!"

미필과 경지의 가족은 미필의 아버지, 김미필에게 한국소주를 올리고 인사를 드렸다.

"아버지! 흑흑. 아버지! 그 나라에서 잘 살고 계시죠!"

미필은 눈물을 흘렸고 그의 아내는 꽃무늬 손수건으로 눈물을 훔쳤으며, 그의 아들은 "아바바?" 순수하게 의아한 표정을 지었다.

선택의 문제는 미필의 가족을 이상한 곳으로 데려왔다. 선택의 문제는 선택의 문제를 원하지 않았는데 돌진해 온 백과사전 외판원처럼 A부터 Z까지 모두 사기 싫은 제품 목록 중 하나를 사게 했다. 선택의 문제는 계좌 번호를 보

도쿄 그리스

여주고 일정 금액의 입금을 확인했고, 백과사전 한 권을 주고 떠났다. 선택의 문제는 홀연히 떠났다. 선택의 문제를 피하는 방법이나, 총으로 쏴버릴 방법은 없을까?

"우리 아버지는 냉동 인간 장치에 입관해 안드로메다로 보내드렸어. 이제 여행을 시작해 볼까? 항공과 숙박은 미필 자네가 냈으니 여행 경비는 내가 준비했어. 비서! 가져와!"

비서는 여섯 개의 두툼한 지갑을 가져왔다. 지갑은 인심 좋은 서양의 정육점 사장님처럼 배가 불룩하고 기름졌다. 경지는 여섯 개의 지갑을 미필, 미필의 아내, 미필의 아들, 자신의 아내, 자신의 아들에게 나눠줬다.

"얼마 아니야. 여행 경비로 천만 엔만 준비했어. 그리고 비서! 자네도 하나."

"충성!"

자본은 그들에게 개별성을 구현할 가능성을 주었고, 개인이 각자 원하는 것을 따를 수 있는 능력을 줬다. 그들은 수풀을 걷어내자 튀어나온 딱정벌레처럼 사방으로 뿔뿔이 흩어졌다. 아들들은 마리오 월드로, 아내들은 니혼바시 초밥집으로, 아빠들은 긴자 명품관으로 사라졌다. 그 선택이 그들을 진정 어디로 데려가는지는 알 길이 없었지만.

4. 반드시 실패할 것이다

미필과 경지가 긴자 료코에 가고 있을 때, 일본의 명품 거리 긴자한복판에서 전생에도 인연이 있었나 싶은 익숙한 실루엣의 한 사람과 한 동물을 만났는데 그것은 이장님과 소돌이였다.

「현시대 최고의 투자처, 야란리! 2호선 증축!」

이장님은 현수막 조끼를 입고 소돌이에 탄 채 피리를 불며 도쿄 긴자에서도 홍보에 힘쓰고 계셨다. 홍보 문구는 일본어로 번역돼 있었고, 그것은 꼭 일본 부동산 회사의 홍보 문구와 닮아 있었는데, 이장님이 파파고를 보고 손으로 손수 작성하신 거라고 했다. 미필과 경지는 이장님에게 인사했다.

"여기서도 홍보를 해주신다니 정말 감사합니다."

"하라니까 하는 거죠. 8,000보에 200원씩 준다고 해서 오다 보니 여기까지 걸어왔습니다."

"제가 먼저 챙겨드려야 했는데. 조만간 플렉서블 액정 필름 조끼도 장만해 드릴게요. 그걸 입으시면 번쩍번쩍에 문구도 편하게 바꾸실 수 있을 거예요."

"고맙습니다."

소돌이가 경지의 혀를 핥았다. 규탄이 먹고 싶어진 경지는 식사를 함께 하자고 제안했고, 이장님은 소돌이를 일본식 코인 주차장 Times park에 주차하고, 여물을 충분히 주고, 물도 챙겨주고 그들과 함께 야키니쿠집에 갔다. 경지는 야마자키 흑우 오마카세 프리미엄 라벨 히비키 더블 핑크 라벨을 주문하고 녹차를 마셨다.

"메뉴판을 더듬거리는 손가락이 저절로 가장 큰 수의 메뉴에서 정지해버렸다."

"저야 좋지요."

"제 선택은 습관적으로 항상 이런 식의 대수(大數)로 가버리네요."

"비싼 게 좋지요."

"만약 이장님이 주문하셨다면 어떤 메뉴로 주문하셨겠어요? 순수하게 궁금해서요."

"구운 흑마늘 꼬치에 밥 한 끼 했겠습니다."

"고깃집에서요?"

"다시 볼까요? 어깨살에 하이볼을 주문했겠네요. 아니, 다시 볼까요? 공깃밥에 생맥주를 주문했겠네요. 아니, 다시 볼까요?"

"어디 아프세요?"

"그렇지 않습니다. 저는 주문에 있어서 양자적 선택을

적용해 보고 있습니다. 알다시피, 양자 상태에서 관찰되지 않은 선택지는 최선과 최악이 중첩돼 있습니다. 정해져 있지 않고 모두 존재하죠. 관찰에 의해 둘 중 하나로 결정되는 현상을 관찰자 효과라고 합니다. 메뉴 선택은 관찰을 통해 확률적으로 결정되죠. 다시 볼까요? 레몬 슬라이스에 생맥주를 주문했겠습니다."

경지와 미필은 머리를 가로저었다.

"게다가, 자네들, 자네들, 자네들!"

"어? 이건 나의 말투인데." 미필.

"자네들, 주문의 문제는 양자 컴퓨팅으로도 해결할 수 없다네. 그걸 아나? 어떤 선택지를 고르느냐 하는 것은 본질적으로 인간의 선택과 결정의 문제를 해결할 수 없어. 내가 살아본 바에 의하면 사는 건 그렇게 결정론을 따르지 않았다네. 적어도 나는 그랬어. 어떤 선택지든 거기에는 필연적으로 실패가 숨어있지. 최선에도, 최악에도 어쩌면 똑같은 실패의 힘이 숨어있고, 우리의 두려움이 크냐 작냐로 최선과 최악이 이름 붙여지는 것일 수 있다네. A를 선택한다고 절대적인 성공이 따라오는 것이 아니며, B를 선택했다고 절대적인 실패가 주어지지도 않아. 그렇게 결정론적인 건 인간사 없다네. 자네가 무얼 선택하든 실패의 힘을 면할 수 없어. 다만 자네가 어떻게 하느냐에 따라 성공도 실패도 변화하지. 선택지에 필연적으로 깃들어 있는 실패의 힘과 그것을 이기려는 —또는 이른 실패의 예감으로 쉽게 낙담하든, 숙명적인 실패로 받아들이든— 자네의 인간적인 힘과 조화를 이루며 결과를 만들어내는 거야. 적어도 내가 산 바에 의하면 그랬다네. 그러니 선택지를 고르는 데 있어서 기본에 충실하다면, 단탄지를 충족하고 배 아픈 해로운 음식만 피한다면, 어떤 선택지도 성공과 실패란 이분법으로 나눌 수 없어. 그건 환상에 불과하네. 관건은 선택 이후에 자네에게 달렸어."

미필은 다시 한번 부글부글 끓었다. 미필은 이장님의 주장에 반대하기 위해 자신은 "구운 흑마늘 꼬치에 공깃밥"을 먹고 그것을 성공이라 믿기 위한 최선의 내면적 노력을 기울여보지만 결국 실패로 돌아가는 모습을 보여주겠다고 선언했다. "선언, 나 김미필은 구운 흑마늘 꼬치에 밥을 먹고…." 이장님은 자신이 나머지까지 2인분을 먹겠다며 잘됐다고 했다. 핑크 라벨은 주문이 들어가면 취소가 안 된다고. 미필은 '오 이거 맛있고 경제적이며 건강에 좋고 속도 편하다'고 강철같이 믿으며 300엔짜리 고시히카리 찰진 밥에 600엔짜리 구운 흑마늘 꼬치를 하나씩 얹어 먹었고, 경지와 이장님은 최고급 규탄에 레몬을 짜 먹었다.

미필이 두 번째 마늘을 뽑아 먹을 때 와규 안창살 프리미엄 흑 등급이 나왔고 경지와 이장님은 혀에서 고기가 녹는 신비를 경험했다. 미필이 세 번째 마늘을 간장에 찍어 먹을 때 속이 쓰리기 시작했고, 경지와 이장님은 "차돌박이 살살 녹는다"고 했다. 경지는 먹으면서 기분이 좋았고 —비싼 것이 좋다는 것은 그 뜻이 함의하고 있는 바처럼 비싼 것은 인간의 노력 없이 손쉽게 좋음을 제공해서 인간의 노력을 최저로 요구하면서 인간을 유약하게 만들었다는 사실과 동시에— 핑크 라벨을 주문한 것은 잘한 선택이라는 생각이 들었다. 미필은 왜 이런 실험을 한다고 했을까 후회가 막심했지만 —이장님이 주장한 선택에 담긴 필연적인 실패를 극복하려는 인간 의지의 최대 힘을 발휘해 보면서— 간만에 건강한 식사를 했다고 여행의 점심을 최대로 긍정해 봤다.

타임즈 파크로 돌아와 소돌이의 밧줄을 풀어줬다. 소돌이는 착하게도 제자리에서 조용히 식빵을 굽고 기다리고 있었다. 이장님이 미필에게 물었다.

"어땠나? 나는 대만족."

"정답은 없습니다."

"어허, 그 사이 갔다 온 겐가?"

"감히 갔다 왔다고 하겠습니다. 군마늘의 동굴 저는 대만족! 내가 대만족이라고 하면 누가 뭐라고 해도 대만족이다. 대만족—우, 하! 하! 하! 하!"

　군필은 양손을 힘차게 와이 자로 뻗고 백작 같은 호탕한 웃음을 보였다. 소돌이가 순수하고 투명한 눈으로 큰 소리가 나는 군필의 초사이어인 변신을 바라봤다. 모로 보나 명랑한 사람으로 보였다. 소돌이도 군필을 따라 "우하하하" 울어봤다! 소돌이까지 초사이어우(牛)가 될 것 같았다!

박스생활

박스 생활의 나쁜 점은 말랑말랑한 종이 벽으로 외풍을 막을 수 없다는 점이다. 비를 맞아 몰캉몰캉해졌다가 딱딱하게 재건조해도 외풍에는 쉽게 무너져버렸다.

〈어이, 어이. 그 그림자 좀 치워주시오.〉

누군가 내 박스를 찾아와 음지를 드리웠다. 음과 습에 취약한 나의 박스를 위해 나는 피해달라고 부탁했다. 가린 사람은 다름 아닌 어머니. 어머니는 한심한 눈초리로 나를 쳐다보더니 찐만두 몇 개를 두고 가셨다. 나는 만두를 저장했다. 지금은 전혀 식욕이 없었다. 나는 어머니를 두고 이렇게 얘기했다. 〈어머니, 제가 여기에 있으니 여기가 한양이고 어머니가 계신 곳은 지방입니다. 사람들은 한양에서 정한 법을 따라야 하지요. 저는 지금 안 먹습니다. 두고 가십시오.〉 어머니는 떠나셨고 나는 내 한양의 피맛골 정도 되는 곳 ─모니터 왼쪽─ 에 만두를 두었다. 나는 만두 한 개를 챙겨 박기영에게 꽁초를 얻으러 갔다. 기영은 나와 같은 박스 생활자로 가늠하기 어려운 고저를 가져서 어느 날은 도끼눈을 하고 회초리를 휘두르는 것은 물론 상대를 쥐잡을 듯 사납게 대했지만, 또 어느 날은 비 맞은 생쥐처럼 처량하고 기운이 없었다.

〈기영아 내가 이제 네 박스를 두고 평양이라고 안 할게. 한양이라고 할게. 꽁초 좀 줘봐.〉

〈원래 내 집은 한양이야. 내가 있으니까 내 집이 한양인 거지. 내가 정한 법을 너는 따라야 해. 네가 지방에 사는 거니까.〉

〈알았다. 야. 꽁초 좀 줘봐. 선물을 가져왔어. 화합하자. 우리 이제 교류야. 익스체인지.〉

만두를 건넸다. 기영은 자신의 박스에 만두를 뒀고, 꽁초를 보관하는 중앙은행에서 ─모니터 오른쪽─ 꽁초 석 개를 꺼냈다. 나는 그것을 받고 말했다.

〈야, 지방 좋냐?〉

〈뭐 이놈아?! 내 박스가 한양이야. 내가 있으니까 한양이지. 내가 있는데 어떻게 한양이 아니냐? 그럼 내가 있는데 지방 도시라도 된다는 거냐? 내가 있는데 어떻게? 그게 말이 된다고 보냐?〉

〈그것도 사실인데 내가 더 사실이야. 그러니까 내가 있는 곳이 한양이지.〉

기영은 도망가는 나를 보고 욕지거리를 해댔다. 자식 순진하기는. 내 박스가 한양이지, 네가 무슨. 이틀간 이어진 비가 멈추고 뜨겁고 부드러운 태양빛이 내리쬤다. 나는 종이 냄새나는 옷가지들을 빨랫줄에 널어놓고 꽁초 한 개비를 피웠다. 순이가 어디서 훔쳤는지 무겁고 더럽게 안 나가는 초록색 자전거를 타고 왔다. 순이는 자전거를 타는 데 영 재능이 없었다. 비틀비틀.

〈순이야, 조심해!〉

순이는 제집에 가서 제가 박아 버렸다.

〈거봐, 내가 뭐랬냐.〉

〈이게 내 집에 온 거야! 나는 파킹한 거야! 내가 원하던 바야. 딱 이렇게 생각했어.〉

순이는 앞바퀴에 무너져버린 자신의 종이집을 펴면서 자존심을 부렸다. 〈멍청이.〉 순이는 바구니에 담아온 비닐봉투를 꺼냈다. 편의점 음식들이었다. 혼술을 하겠다고 편의점에서 술과 안줏거리들을 사 왔다. 순이는 그것을 들고 자신의 박스로 들어갔다. 박스 안에서 여러 유튜브 영상 소리가 들렸다.

어느 놈은 달팽이 식으로 박스를 머리에 이고 다녔다. 박스를 아예 머리에 쓰고 다니는 놈들은 헬멧이라고 불렀는데 그런 놈들과는 상종을 안 했다. 프라이 머리인지 뭔지 머리에 종이봉투를 쓰고 다닌 가수와 모습이 비슷했다. 헬멧은 완전히 정신이 나간 부류였다. 몸도 굼뜨고 눈빛도 뭔가 정상이 아녔다. 아니면 애초에 굼뜨고 맛이 간 놈들이 헬멧이 되는 것일 수도. 그들은 섹스를 할 때만 박스를 벗었다. 세수할 때도 안 벗고 섹스를 할 때만 벗었다. 섹스에서 그들의 몸짓은 심하게 난잡하다고 알려져 있다. 헬멧은 온갖 추태를 부리며 섹스 대상을 탐닉했고, 성과를 이룬 다음에는 다음 상대를 탐닉하면서 음흉한 미소를 다시 그 박스 안에 숨겼다. 그들은 거추장스러운 박스를 쓰고 다니는 것과는 반대로 자신의 외로움을 인터넷에 호화롭게 전시하는 모순을 보이기도 했다. 녀석들은 한 마디로 웨이팅이 있는 삼겹살집에서 고기를 굽지 말고 먹으라는 주인 같았다. 준비도 하지 않고 손님만 받으면서 생떼를 부리는 것이다.

헬멧 중에는 가관인 녀석이 하나 있었는데 그놈은 박스

를 쓰고 박스에 살다가 집을 나오면서도 박스를 쓰고 나오는 진상이었다. 그놈은 누구와도 소통하지 않았고 단지 봉뭐시기란 성으로만 알려져 있었다. 봉 그놈은 제멋에 취해 동묘에서 멋진 옷들을 사다 입으며 멋을 부렸다. 나는 봉이 작은 박스를 쓰고 짜장면을 먹고 있을 때 그에게 말을 걸었다. 〈봉, 너는 잘 살면서 왜 박스 생활에 시간 쏟고 하는 거냐?〉 봉은 말을 붙이기도 귀찮다는 듯 짜장면을 들고 본체도 않고 가 버렸다. 고양이처럼! 재수 덩어리!

봉이 지나가고 그의 옆으로 차가 나왔다. 찻길에는 손바닥에 든 박스에 몰입한 소녀가 지나고 있었는데 차가 비키라며 경적을 빵빵 울렸지만 소녀는 아무렇지 않았다. 아무런 낌새도 보이지 않았다. 아무런 영향이 없는 것 같았다. 차가 어서 비키라고 경적을 빵빵 울렸다. 소녀는 천천한 보폭을 지키며 심지어 손바닥에 놓인 박스에서 시선을 들고서 소녀가 본 것은 차가 아닌 바로 나였다. 소녀는 방금 무슨 재밌는 것이라도 봤다는 듯 힉힉한 미소를 내게 지어 보였다. 섬뜩한 기분이 들었다. 그녀는 차를 완전히 무(無)로 돌려놓고 있었다!

박스 생활은 외풍에 약하여 많은 이들을 제정신 지키지 못하고 이상하게 만들었다. 다시 말해 외풍에 약한 것은 제정신을 지키지 못했다. 나는 이곳 생활에 썩 적응을 했지만, 아직도 고수들의 행태에 가끔 놀라곤 했다. 그들은 딱 두 가지 부류였다. 전혀 이해할 수 없는 행동을 하거나, 아무 이유 없는 행동을 했다.

머리에 쓰고 다니는 놈이 있는가 하면 바지에 입고 다니는 놈도 있었다. 바지는 여름이 되면 위아래 맨살은 드러내 놓고 바지엔 박스를 입고 다녀서 이상한 기분이 들게 했다. 바지는 바지를 감싸고 있는 박스 외에는 모두 살이어서 박스를 내리면 마치 아무것도 없을 것 같은 착시를 보였다. 바지는 그런 미술 양식을 자랑스러워하며 거리를 활보했고 보이는 사람이 있으면 모두에게 말을 걸어 자신의 연구 결과를 발표했다. 바지가 하는 말은 거의 한결같았다. 〈지구 평화와 세계 연합을 위한 연구회를 운영하고 있는데요. 자, 여기요.〉 바지는 박스에 달린 단추에 묶인 실을 풀기 시작했다. 실이 풀리면 점선을 따라 분리된 종이의 문이 열릴 것이었고, 나는 그의 추악한 행태를 두 눈을 뜨고 볼 수 없었다. 세상에 태어나면 다들 기이한 일 한 번쯤은 본다고들 하는데, 나는 바지에게서 그런 것을 보는 줄 알았다. 바지는 실을 풀고 손가락을 놓았다. 종이가 열리더니 그 안에서는 팸플릿 같은 것이 나왔다. 새로운 사실 하나. 바지는 박스 바지 안에 반바지를 입고 다녔다는 것.

〈지구 평화와 세계 연합을 위한 연구회에 관한 간단한

정리입니다. 자, 여기요.〉라고 했지만 나는 차마 그것을 잡는 것이 더럽게 느껴졌다. 그래서 잡지는 못하고 무슨 내용이 있는지 직접 보여달라고 했다. 바지는 〈지구 평화와 세계 연합을 위한 연구회의 간단한 정리〉라며 펼쳐 보였다. 병풍에는 깨알 같은 글자들이 박혀 있었다. 모두 직접 쓴 것이었다. 그는 책을 많이 갖고 있었다. 모두 버린 것을 주워온 것이거나, 이사를 떠나면서 버린 묶음 책을 주워온 것이었다. 그는 그것으로 많은 것을 학습했다. 바지의 팸플릿에는 묵은 책에서 나는 탁한 냄새와 그의 체취가 더럽게 섞여 있었는데, 나는 다행히 그런 것을 흠모하는 취미는 갖고 있지 않았다.

〈죄송합니다, 바지 양반. 제가 글자를 몰라요.〉

〈글자를 모른다고요? 어떻게 그럴 수 있죠?〉

〈여기 박스 사람들은 글자 모르는 사람도 많은데, 여태껏 모르셨소?〉

〈네?〉

바지는 적잖이 충격을 받은 듯싶었다. 나는 그가 벙찌고 있는 사이 그에게서 도망쳤다. 팸플릿으로 자신의 시야를 가린 바지는 아직도 내가 그의 앞에 있는 줄 알고 세계 평화와 지구연합을 위한 연구서를 줄줄 외웠다. 공중 화장실을 다녀오니 바지는 이제 다른 사람을 찾으며 서성거리고 있었다. 〈전파합니다! 전파합니다! 우주 평화와 세계 연합에 관한 계획을 전파합니다!〉 바지는 깨알 같은 글씨의 팸플릿을 활짝 펼쳐 놓고 눈에 힘이 들어간 채 사람을 찾아다녔다. 나비가 바지의 마음에 한가득이었던 것이다. 아, 이것은 그의 내면에 관한 비유이다. 바지는 독특한 색깔의 내면의 나비들을 채집해 그의 박스에 넣어 두었다. 하지만 수렵은 바지에게 너무 많은 나비를 주었나 보다. 바지는 자신의 바지에 수십 마리의 나비를 넣어 그것들을 사람들 앞에 펼쳐 보였다. 본질은 선한 심성에서였지만 문제는 그와 공감할 수 있는 성향이 극히 희귀했단 점이다. 그래서 바지는 날이면 날마다 계속 사람들을 찾아다닐 수밖에 없는 운명이었다.

마른하늘에 날벼락. 번쩍. 섬광이 마른 대지를 비추더니 구름에서 전기가 다니는 것이 보였다. 비의 전주였다. 곧 바람이 불었다. 광장의 박스 생활자들은 당황하는 기색을 보였다. 곧 쇠똥구리만 한 굵은 빗방울이 떨어지기 시작했다. 바지의 바지도 비를 맞아 허물어지기 시작했고, 그의 나비들도 위태로웠다. 박스 생활자들은 빗방울을 피해 서로의 박스를 다리 밑으로 황급히 옮기기 시작했다. 찢어진 박스들이 나부꼈다. 혼비백산. 먹구름이 몰려와 강한 비바람을 쏟아냈다. 사람들의 박스가 날아다녔다. 바지는 나비들을 지키기 위해 자신의 바지를 벗었다. 그렇게 귀하게 박스를 벗는 사람은 처음 봤다. 그의 나비들은 —그러니까 그의 지식이 든 글자들은— 물에 젖어 흐물흐물해졌고, 바지는 그것들을 하나씩 펼쳐 다리 아래에서 비가 멎기를 기다렸다. 그 순간 그의 모습은 아이 같았다. 단 한 가지 비가 멎기만을 기다리는 순수한 마음으로 그의 얼굴도 평안해 보였다.

우리 박스 생활자들을 원조하는 정부의 손길도 있었다. 박스 오피스라고도 부르는 박스 사무실에선 형광 조끼를 입은 사람들을 보내왔다. 나는 주기적으로 박스 사무실에서 자원봉사도 했다. 내가 하는 일은 자원에서 받은 종이 상자를 분류하고 집으로 쓸 만한 고급 상자들을 특별히 나누어 —미국에서 보낸 고기 상자가 상자 중 으뜸이었다— 거리에 투척하는 일이었다. 집에 가다가 버리면 알아서들 싹 주워 갔다. 자신을 보호하기 위한 또 하나의 박스를.

박스 사무실에선 주기적으로 행사도 열었다. 이번 차례에는 아쿠아리움 투어였다. 특별히 선별된 나는 몇몇 박스 생활자와 함께 허리에 포승줄을 묶고 한 줄로 남산을 넘었다. 우리는 설렘과 들뜬 마음으로 기운이 넘쳤다. 아쿠아리움에 가 본 사람은 아무도 없었다. 애완 개미를 기르는 것으로 유명한 남 씨는 자신의 애완 개미 한 마리도 동반했다. 땅에 있을 때 개미는 무작위적 평면 이동을 감행하며 이리저리 돌아다녔다. 그러면 남 씨 왼쪽 손가락에 연결된 실은 팽팽해졌다가 느슨해졌다가 했다. 남 씨는 그것을 보고 아주 귀여워했다. 우리가 아장아장 걸어가면 개미는 남 씨 손가락에 달린 실 끝에서 대롱대롱 매달려 공중그네를 탔다. 남 씨는 사람을 돌아가면서 개미를 자랑했다. 개미를 손바닥에 올려놓고 이 녀석이 어찌나 똑똑한지 크게 자랑을 했다. 내가 자랑을 들을 차례였다. 남 씨는 실을 잡아당겨 손바닥에 개미를 올렸다. 그러나 그 실 끝에는 아무것도 달려있지 않았다. 〈어어? 초롱아! 초롱아!〉 남 씨는 애타게 개미를 불렀다. 당연히 개미가 주인을 찾아올 리 만무했다. 남 씨는 즉석에서 주저앉더니 개미를 잡았다. 아무것도 없어 보이던 맨땅에 조금만 가까이 갔더니 개미는 물론 거미와 각종 생물들이 들끓었다. 남 씨는 여러 마리의 개미를 살펴보다가 하나를 훅 낚아챈 뒤 실 끝에 그것의 허리를 묶었다. 개미는 더듬이를 휘저었다. 남 씨는 마치 고무줄별 만들기 놀이처럼 정해진 순서에 따라 일관되고 정확하게 손을 놀렸다. 가히 전문가 다운 솜씨였다. 남 씨는 그것을 '파랑이'라고 불렀다. 〈배에서 파란 윤기가 띠는 것이 보이시죠? 여기. 파랑이 너 참 멋지다!〉 남 씨는 즉시 파랑이를 자랑했다. 나는 남 씨가 전혀 이해되지 않았다. 다른 사람들도 그런 분위기였다. 분명 그에게는 나름의 논리와 확고한 취향이 있었지만 나에게 그것이 이해되느냐고 묻는다면 전혀 그의 손가락 개미들을 이해할 수 없었다. 어떨 때 남 씨는 광장에 그것들 열 마리를 데리고 나오기도 했다. 우리는 다시 아장아장 아쿠아리움으로 향했다.

전 세계가 바다인 아쿠아리움 유리벽 터널에 섰을 때 나는 세상에서 가장 행복한 사람이 된 것 같았다. 포승줄 멤버들은 너 나 할 것 없이 경탄에 빠졌다. 정수리 위에는 나보다 큰 가오리가 날갯짓하며 물결쳤다. 조그만 물고기들은 군집하여 마치 우리 박스 생활자 중 하나인 병토벤이 들려준 어느 음악처럼 물속을 자유로이 날아다녔다. 입이 삐죽 나온 형형색색의 납작한 놈도 있었으며 형광색의 파랑 물고기도 번쩍였다. 바다에는 정말 다양한 음악이 있었다. 상어가 세상에서 가장 무서운 눈초리를 하고 육중한 로켓처럼 바다를 건너갔다. 해초가 흔들렸고 불가사리도 그 물살에 조금 날아갔다. 세상에서 가장 아름다운 세계였다. 아쿠아리움에는 거의 순백에 가까운 파랑과 거의 흑색에 가까운 파랑 등 온갖 파랑들로 넘실거렸고 나는 그것이 정말 대단하다고 느꼈다. 우리 갈증과 건조의 자식인 박스 생활자들은 전체가 물인 세상을 꿈에서조차 상상하지 못했다. 우리 바삭하게 말라비틀어진 박스에 안위하는 메마른 존재들은 이런 것을 피부로 느껴본 적이 없었다. 우리의 마음은 물고기처럼 말랑해졌다. 남 씨의 개미도 넋 놓고 바다를 봤다. 남 씨의 개미 파랑이는 파란 윤기 위에 파란 바다 빛을 받으며 삶은 살아봐야 아는 것이고, 어쩌면 붙잡혀 온 게 잘된 일일지도 모른다고 더듬이를 굴렸다. 내가 신비로운 존재 하나하나의 빛깔을 되짚어 보며 경이에 빠져있을 때 바다에는 서울역 티비 화면에서만 본 인어 공주가 나타나 바닷속을 헤엄쳤다. 〈저기 봐…!〉 포승줄 멤버들은 모두 우와 입을 모아 경탄했다. 인어는 물을 무서워하지도 않았고 물고기를 무서워하지도 않았으며 놀랍도록 유연한 오리발 헤엄으로 여기저기 필요한 곳에서 아쿠아리움의 식재를 정리했다. 인어는 유리의 굴곡 때문에 거인처럼 커다랗게 보였다. 인어는 우리 포승줄 멤버들을 보고 친히 그 거대하고 뽀독뽀독한 손을 흔들어줬다.

아쿠아리움의 터널은 바다의 여러 빛깔로 출렁였다. 돌고래가 우리를 따라오기도 했다. 그러다 훌쩍 자유롭게 떠나버렸다. 우리가 바다를 보고 있는지 바다가 우리를 보고 있는지 알 수 없었다. 우리는 아장아장 터널 끝까지 갔다. 물, 그것은 턱 끝까지 행복감을 선사했다. 터널 끝에는 바다의 벽이 가히 장엄하게 나타났다. 말끔한 절단면으로 깎아 세운 유리벽의 바다는 이번에는 전면으로 바다 세상을 폭발시켰다. 너무 과한가? 하지만 투명함이 시선을 채우는 방식은 가히 폭발적이었다. 절벽에는 상어가 많이 살았다. 참치도 있었다. 그중 어느 것은 다랑어라고 했다. 방어도 있었다. 중형 바다 생물들이 떠다니는 바다의 폭포에서 아이들은 조약돌 같은 손을 대고 감탄에 빠져있었다. 내가 다가가자 물개가 다가왔다. 커다랗고 맑은 눈동자는 점액질처럼 미끄덩했다. 내가 물개를 보자 물개가 나를 봤다. 물개는 그 짧고 조그만 손을, 나는 내 짧고 메마른 손을 내밀었다. 너 거기 있구나, 나 여기 있어. 유리벽을 두고 우리는 무언가 어느 것도 차단할 수 없는 교감이란 것을 나눴다. 물개가 고개를 들었다. 인어가 물개에게 내려오고 있었다. 물개가 인어를 쫓아갔다. 인어는 밥을 줬고 물개는 밥을 물고 어딘가로 사라져 버렸다.

아쿠아리움은 새로운 가능성과 그 가능성을 오밀조밀하게 채우고 있는 에이치투오의 실재를 우리에게 명명백백 보여줬다. 뭍으로 내려와 포승줄을 풀었다. 배가 시원해지는 기분. 우리 포승줄 멤버는 이제 다른 박스 생활자들과 같지 않았다. 해양 친구들을 보고 온 우리는 파란 생물들로 인해 몸에 다른 세포를 지니고 있었다. 〈박바라 박박박.〉 나는 기영을 찾아가 어디를 다녀왔는지, 무엇을 보고 왔는지 얘기해 주려고 했다. 박스에서 오버워치를 하는 기영은 대답이 없었다. 〈박바라 박박박.〉 또 한 번 애타게 그를 불렀다. 내가 기영을 불렀을 때 기영은 한 송이 꽃이 됐다. 즉 인간이 아니었고 모니터를 바라보는 한 송이 꽃이어서 영 이야기를 듣지 않았다. 나흘 후 기영을 다시 찾았다. 레벨 업 중이었다. 여드레 후 기영을 다시 찾았다. 약간 꽁초를 피우는 휴식 시간을 가졌다. 다음날 기영은 계정을 삭제했고 내가 무엇을 보고 왔는지 말해줬다. 〈어이, 지방 오버워치 박 씨, 내가 무엇을 보고 왔는 줄 알아?〉 내 말을 들은 기영은 아픈 손가락으로 땅을 후벼 팠다. 도통 왜 그러는지 영문을 모르겠다. 기영은 땅에서 오래전에 묻은 잔뿌리와 돌조각들을 꺼내기 시작했다. 그리고 거기에 꽁초를 묻었다. 그리고 덮었다. 나는 물러나기로 했다.

광장에서 병토벤을 만났다. 병토벤을 만나는 것은 쉬운 일이 아니었다. 병약한 병토벤은 광장에 일주일에 한 번 정도 나왔다. 나는 병토벤에게 당신의 음악을 조금은 이해할 수 있을 것 같다고 말했다. 왜냐면 내가 어디를 갔다 왔기 때문에. 병토벤은 희한한 웃음을 띠며 즐거워했는데 그의 거죽은 닭 껍질처럼 얇고 병약했다.

〈병토벤 양반, 오늘도 고놈의 음악이라고 하는 것을 하러 나왔소?〉

〈네. 피아니스트는 피아노만 치면 되지요.〉

나는 그것이 약간 대단하고 멋진 일이라며 병토벤을 치켜세웠다. 그때 바지가 불쑥 나타났다.

〈세계 제패와 우주 평화에 관한 이야기를 듣고 싶지 않습니까?〉 그의 거시적 주장은 살짝 변해 있었다.

바지는 한 번에 두 놈을 잡았다. 착하기 그지없는 병토벤은 〈네, 어떤 것이죠?〉 바지를 받아줬다. 바지는 바지로 입은 종이 박스에서 팸플릿을 꺼냈고, 병토벤은 종이로 수선한 할아버지 시절의 오래된 바이올린을 꺼냈다. 바지가 나름의 현시대 고찰에서부터 연구문으로 포문을 열었을 때 병토벤은 멋진 바이올린 놀림으로 대답했다. 나약한 병토벤이 어떻게 바이올린은 그리도 멋지게 켜는지 신기할 따름이다. 그의 힘은 이 세상에 티끌만큼도 존재하지 않는 것 같다가, 바이올린과 현이 만나는 날카로운 지점에서 부싯돌처럼 불이 붙고 활활 타올랐다. 〈북방의 위협과 핵 위협〉이라고 할 때는 쾅쾅! 무서운 현을 켰고, 〈우주 평화와 우주 비둘기〉라고 할 때는 문맥에 맞는 부드러운 현을 켰다. 바지와 병토벤은 멋진 한 쌍이었다. 나는 그들을 떠났다.

결국 아무에게도 아쿠아리움 얘기는 하지 못했다. 나와 같이 아쿠아리움에 다녀온 타이어도 마찬가지로 보였다. 타이어 그 친구는 박스 생활자 중 가장 불운한 부류에 속했다. 타이어를 보자면 인간의 존재 방정식이 애초에 식이 잘

못 세워졌단 생각이 들지 않을 수 없었다. 타이어는 아쿠아리움에 다녀온 직후 하루 이틀은 전에 없는 활기와 에너지로 씩씩하게 거리를 쏘다니더니 오늘의 타이어는 전처럼 다시 무기력해져 있었다. 타이어도 아쿠아리움에서 배운 것을 자신의 박스에서 적용해 보려고 했을 것이다. 하지만 존재 방정식에는 그 어떤 기억에도 $t분의\ 1$이란 시간 변수를 달아 정부에서 무슨 좋은 일을 해주든 그것을 시간의 지평선 저 멀리로 보내 버렸다. 아쿠아리움에서 만들어온 해양 세포도 저 멀리 사라져 버렸을 것이다. 그리고 타이어가 앉아 있는 박스의 환경이 지속적으로 타이어를 눌러 놓음으로써 그를 또다시 무기력의 곤경에 빠뜨려 버렸다. 이것 참 살아간다는 게 제대로 살기 위해선 부지런을 떨게끔 만들어졌다는 게 기가 막힐 노릇이었다. 문명은 시간 변수 t를 고려하지 않고 안락과 편의를 제공함으로써 그 자리에 생활자 여럿을 눌러앉게 만들었다. 박스 생활자는 짧게는 여섯 시간, 길게는 이십사 시간 박스에 눌러앉았다. 만일 문명이 시간 변수 t를 고려했다면 이토록 편의와 안락을 추앙하는 일 없이 박스를 따끔하게 만들었을 것이다.

드디어 정신이 나간 헬멧계 봉은 어디서 날붙이를 들고 와 허공에 공허의 칼놀림을 해댔다. 오늘도 특별히 멋진 옷을 입고 있는 봉은 머리에는 박스를 쓰고 초점 없는 눈길로 마치 무엇을 보고 있는 양 허공을 나무라며 날붙이를 휘둘렀다. 〈봉! 왜 그래? 어디 아파?〉 봉은 내가 하는 말도 듣지 못하고 자기 안에 꼭꼭 들어가 있었다. 박스에서 나오지 못하는 것일 수도 있었다. 어쩐지 머리에 쓴 저것이 봉의 머리에 맞게 계속 쪼그라들더라니. 순이는 소란을 듣고 박스에서 나와 봤다. 비슷한 나잇대의 순이는 혼술에서의 울음을 마치고 찾아온 약간의 카타르시스 뒤 약간의 안도감으로 약간 편안해 보였다. 순이는 허공을 나무라고 있는 봉을 발견했다. 외로운 순이는 파킹한 자전거를 큐알 태그해 잠금을 풀고 봉에게로 달려갔다. 봉의 앞에서 멈추기로 계획했던 순이는 봉을 뺑소니쳐버렸다. 날붙이를 든 봉이 그대로 자빠졌고 순이는 자전거를 세웠다. 그렇지만 봉은 조금의 정신도 돌아오지 않은 듯 헬멧을 고쳐 쓰고 날붙이를 다시 찾은 뒤 다시 공중에 화를 내었다. 공중이 자신을 공격했다는 확신으로.

〈순이, 위험해…!〉 순이는 봉의 가까이로 다가갔다. 순이는 어떤 자애로움으로 날붙이의 허공에 제 배를 채웠다. 칼을 맞은 순이는 배에서 피가 튀었고 봉은 그제야 정신을 차리고 손에서 칼을 놓았다. 연결의 순간이었다. 블루투스처럼 봉과 순이는 빨간 피로 연결됐다. 봉은 순이를 업고 병원으로 달렸다. 그들이 지나간 자리에는 혈흔이 똑똑 긴

줄을 이었다, 구급차를 불렀다, 구급차 등장, 사람들 물러났다, 횡단을 중단했다, 그중 손에 작은 박스를 든 박스 소녀는 주변에 무엇이 오는지 몰랐다, 구급차가 그녀 앞에서 지체됐다, 소녀는 손바닥 박스 하나로 모든 존재를 원점으로 되돌렸다, 순이도 원점으로 되돌아가는 상태, 소녀는 천천히 고개를 들며 배시시 웃었다, 내가 그녀에게 물었다, 앞 좀 보고 다녀라! 사람이 죽고 있다! 소녀는 귀에서 휴지 조각을 떼내더니 조금 전 무슨 얘기를 하셨어요? 갸우뚱거렸다, 아닙니다, 눈물이 날 것 같았다, 소녀는 다시 휴지 조각을 귀에 끼웠다.

시간은 하나님의 약, 시간은 대천사 라파엘, 순이의 갈라진 배를 다시 붙였다. 의사는 앞으로 순이가 아이를 가질 수 없을 것이라 진단 내렸다. 순이는 감옥으로 봉을 면회 갔다. 봉은 사과를 했고 순이는 봉과 사랑에 **빠졌다**. 넉넉한 집안의 봉은 얼마의 보석금을 주고 가석방으로 풀려났다. 불임자의 커플은 송파, 안국, 망원으로 데이트를 나갔다. 데이트는 순이와 봉을 거리로 나가 돌아다니게 했다. 데이트는 그들에게 한옥 마을, 멋들어진 카페, 산해진미를 순차적으로 견학 시켜 줬고 데이트는 박스를 무너뜨린 성과로 강렬한 추억을 그들에게 선사했다. 불임의 커플은 혼약을 맺었고 성대한 결혼식을 앞두고 있었다. 그러나 시간은 사탄의 독, 시간은 사탄의 계략, 봉은 불임녀 순이를 떠나버렸다. 봉은 또 다른 여인, 또 다른 데이트, 또 다른 강렬한 체험을 향해 순이를 영영 떠났다. 하지만 순이는 다시 박스로 돌아오지는 않았다.

기영이 박스를 정리하고 있었다. 눈빛에 우수가 깃든 기영은 무언가 결심이라도 한 듯 차분해 보였다.

〈어이, 지방 사촌. 어디 이제 강촌이라도 들어가나?〉

〈알아서 뭐 하게?〉

〈어디를 그렇게 급히 서둘러.〉

〈나는 바다로 갈 거야.〉

〈이제 와서…?〉

〈나는 어부가 될 거야.〉

〈이제 와서 열심히 일을 하겠다고?〉

〈내가 부족했단 걸 알았어. 마지막 잔을 기울이자.〉

기영은 종이컵에 소주를 부었다. 건배사를 했다.

〈한 잔은 떠나간 너를 위하여. 한 잔은 영원했던 우리의 사랑을 위하여. 한 잔은 이미 초라해진 나를 위하여. 그리고 마지막 한 잔은 이 모든 것을 미리 정해두신 하나님을 위하여.〉

〈순이는 동해로 갔데.〉

〈고마워.〉

〈이제 기영이 너가 한양이네.〉

〈아니. 한양은 너지, 내가 아니야.〉

〈또 보자.〉

〈잘 지내.〉

떠날 때를 알고 떠나는 이의 뒷모습은 얼마나 아름다운가. 기영은 박스 생활을 접었다.

새 박사 무부는 광장의 유명 인사로 새를 데리고 다니는 것으로 유명했다. 박스를 씌운 새들은 몸통과 머리가 박스에 가려져 있고 다리와 날개만 조금 나와 있었다. 무부는 박스의 새들에게 〈우쭈쭈 삐익삐익〉하며 새의 말을 건넸고 고것들을 참 아꼈다. 무부는 전깃줄에 달린 새를 보고 〈삐익삐익 삐삐〉 새소리를 날리기도 했지만 새들은 무부를 보면 도망가기 바빴다. 무부가 광장에서 하는 일은 비둘기에게 허위 매물을 날리는 일이었다. 먹이를 주는 헛손질 한 번이면 수십 마리의 비둘기떼가 모여들었다. 어떨 때만 진짜 한 톨을 줬고 대부분은 거짓이었다. 무부는 하루 종일 광장 서쪽 끝에서 동쪽 끝까지 허위 매물을 날리며 비둘기들을 놀렸다. 〈어이, 무부, 또 그거 하는 거야. 그, 너네 새들 좀 까줘 볼 수 있어?〉 무부의 새는 주홍색 다리를 빼꼼 내밀고 깡충깡충 뛰어다니며 바닥을 헤매고 있었다. 뛰어다니다가 비둘기와 충돌하기도 했다. 새가 쓰고 있던 박스가 돌아갔다.

〈저것 말이야. 저 작고 귀여운 놈은 대체 무슨 새지? 한 번만 열어보면 안 돼?〉

〈안 돼.〉

〈그럼 네 어깨에 달린 거라도 보여줘.〉

〈안 돼. 세계에 눈을 뜨면 날아갈 수도 있어.〉

〈어허… 네 친구들 아닌가?〉

〈새는 본능을 가졌다고.〉

〈안 보여 줄 거야?〉

〈준비되면 언제 집으로 한번 초대할게 존만아. 집에서 보여줄게.〉

희멀겋고 창백한 안색에 반쯤 투명한 얼굴의 무부는 준비가 됐다며 어느 날 나를 그의 박스로 초대했다. 무부의 박스에는 각종 생물 도감으로 가득했다. 무부는 사방이 막힌 박스에서 어깨의 새부터 박스 벗겼다. 어깨의 새는 오색찬란한 앵무로 신비로운 빨간 깃을 갖고 있었다. 앵무는 익룡 같은 눈으로 낯선 나를 탐색했다. 안녕하세요? 〈오!〉 앵무는 좌우로 몸을 흔들었다. 리듬을 타고 풍싯 풍싯. 무부는 앵무를 새 걸이에 걸고 손의 새를 더듬어 찾았다. 작은 박스가 방을 돌아다니고 있었다. 박스를 벗겼다. 거기에는 작은 되지빠귀가 들어있었다. 배에는 주홍색이 있고 부리와 다리도 주황인 게 등은 회색이었다. 저것을 어떻게 잡아 왔을까. 되지빠귀의 색은 기이했다. 상상도 못했던 배합이었다. 왜 저렇게 생겨야 하며 저 배에 달린 저 투박한 주홍은 어찌나 매력적인지. 무부는 어린 새를 구조해 키운 것이라고 했다. 앵무는 홈플러스에서 구매한 것이라고. 박스에서 나온 되지빠귀는 냉장고 상단으로 푸드득 날아올랐다. 그리고 노래 불렀다. 아주 조용히 소리 1로 불렀다. 오, 저것은 숲속 어딘가에서 듣던 노래다. 숲을 더 여름 숲같이 만들어줬던 노래. 누가 부르는지 몰랐던 그 노래가 되지빠귀였구나.

무부는 생물 도감에서 ―직접 제작한 것으로 '무부 꺼'라고 적혀 있었다― 생물들을 보여줬다. 무부는 인간의 타입을 여러 부류로 나누고 있었다. 페이지마다 한 사람씩 쓰여 있었다. 키가 작고 협업에 능하지 못하나 업무 처리가 빠른 자, 얇은 금테 안경에 선크림을 잔뜩 발라 기름이 번지르르한 자, 말투가 촉새 같은 자, 곰같이 묵묵히 일하는 자, 입만 동동 떠다니는 신뢰 가지 않는 자, 믿을 수 없는 거짓말쟁이와 S급 인재까지 나름의 데이터를 정리해 놨다. 매의 눈을 가진 무부는 모든 것을 날카롭게 저장했고 거기에는 만화 같은 초상화도 직접 그려 놨다. 무부가 유령이었다면 그것은 유령의 유령이었다. 무부는 언제든 그들을 적절히

활용하기 위해 기록을 한다고 했다. 무섭게도 마지막 페이지에는 내가 있었다.

〈어어… 나구나. 안될 건 없지.〉

특징이 부각되고 평범은 누락된 나의 캐리커처 설명에는 '끄나풀'이라고 돼 있었다.

〈아무도 박스를 벗겨 달라고 한 사람은 없었어. 너 끄나풀이지?〉

〈무슨…… 의?〉

무부는 한참을 고민하더니 말했다.

〈언박싱의.〉

〈오해야.〉

〈근데 왜 보여 달라고 그래?〉

〈난 단지 그 안에 무엇이 들어 있는지가 궁금했어.〉

무부의 수족관에는 박스 물고기들이 무질서하게 헤엄치고 있었다.

〈저것들도 무엇인지 궁금해. 한번 벗겨봐줘.〉

〈너니까 특별히 보여줄게.〉

한 마리를 아무것이나 잡아 벗기자 거기에는 푸르른 빛깔의 은색 물고기가 있었다. 물고기는 어리둥절해 했다. 무부는 도로 박스에 넣었다. 물고기는 가라앉았다가 한 번씩 발작하듯 요동쳤다.

〈저것도! 저건… 게 같은데.〉

랍스터였다. 마트에서 사서 이곳에 풀어줬다고 했다. 랍스터는 검은 쌀알 같은 눈알로 두리번거렸다. 열심히 기지개를 켜는 랍스터. 무부는 도로 박스에 넣었다. 랍스터는 눈먼 집게발을 더듬거리며 번잡스럽게 움직였다.

〈궁금증 다 풀렸다. 고맙다 무부.〉

〈잘 가.〉

무부의 박스에서 나와 광장으로 나갔다. 바지는 여전히 선전하고 있었다. 나는 바지에게 가 무부의 집에 볼 것이 많다며 내가 여러 것을 보고 왔다고 자랑을 했다. 〈허허허. 그래요?〉 바지는 반쯤 벗겨진 대머리, 솔직한 품성, 아이같이 꾸밈없는 순박함으로 내 이야기를 들어줬다. 가끔 한 번씩 병토벤과 에너지 분출을 하면서 사람이 나아진 것 같았다.

〈내가 특별히 너도 데려가 달라고 부탁해주지. 무부는 내 얘기라면 사족을 못 써.〉

〈허허허. 그래요? 고맙습니다.〉

〈요즘 병토벤은 나와?〉

〈그 친구가 아… 요즘 통 안 보이네요?〉

〈어디 아픈가?〉

〈허허. 언젠가 나오겠죠. 지가 나오고 싶으면.〉

나는 다리 아래에서 바지에게 빨간 집게발의 랍스터의 존재를 알려주고 있었는데 나무요정이란 작자가 바위산 투어를 모집한다며 우리에게 다가왔다. 머리는 열려 있지만 바지는 닫혀 있는 바지는 바지 상자에서 딸기를 꺼내 나와 나무요정에게 하나씩 나눠주는 호의를 베풀었다. 나는 따뜻한 딸기를 나무요정에게 줬다. 나무요정은 〈이렇게 하면 투어 참가시네요. 가시죠.〉라며 똘망똘망한 눈으로 딸기를 베어 먹었다. 〈포유류의 맛!〉

〈바지야 너도 같이 가, 인마.〉

〈저는 독서실 가야 해요.〉

〈거기서 바지를 풀라고?〉

〈바지를 풀고… 해야죠… 딸기들… 허허.〉

하는 수 없이 나는 혼자 나무요정을 따랐다. 우리는 아장아장 바위산으로 갔다. 비가 추적추적 내리고 있었다. 나무요정은 바위산에 입산하면서 우산을 버리자고 했다. 〈대자연을 있는 그대로 느껴 보시죠!〉 나무요정은 가까이 있는 나무를 한 번 올라갔다 내려왔다. 원숭인가? 비가 추적추적 내리는 바위산에는 나무 냄새가 가득했다. 나무 냄새와 흙냄새와 높은 곳에서 떨어져 내려오는 철철철 물줄기 소리가 산에는 가득했다. 나무요정은 어떤 한 나무에 가더니 〈에고고! 비 맞은 강아지처럼 풀이 죽었구나. 에고고!〉 나무에게 말을 걸었다. 조금씩 일이 잘못 흘러가고 있는 것 같았다. 나무는 어리둥절해 했다. 하지만 나무요정은 그 똘망똘망한 눈망울로 무언가 절대적인 쌍라이트 빔을 쏘면서 나무를 설득시켰다. 나무는 수복했다. 나무는 나무요정이 관리하는 나무가 됐다. 나무요정은 그 나무에도 한 번 올라갔다 내려왔다.

〈나 참. 왜 이러시는 거예요? 난 대체 당신이 하는 행동이 도통 이해가 안 갑니다.〉

〈이렇게 직접 올라갔다 내려와야 나무의 수형을 몸으로 직접 이해할 수 있습니다! 선생님도 해보시죠!〉

그에겐 카리스마가 있었다. 무언가 절대로 그의 말을 거부할 수 없었다. 나 또한 수복되어서 나무를 올라갔다 내려왔다. 온몸에 나무 향기가 났다. 나무요정은 계곡을 거슬러 녹음이 우거진 장소로 나를 데려갔다. 우산을 버리자고 한 것은 좀 좋은 것 같았다. 내리는 비를 추적추적 맞으며 가끔 이마로 차가운 물이 내려오면 살아있는 기분이었다. 녹음이 우거진 장소는 녹색의 음지로 뒤덮인 녹지였다. 1900년도 초 야수파의 시작이 그림자를 부정하는 것이었다면, 바로 이 녹음에서 그 착상이 떠올랐을 것 같았다. 이곳의 녹음은 어두우면서도 밝은 이상한 곳이었다. 새가 우는 소리가 들렸다. 〈되지빠귀다.〉 숲속의 되지빠귀는 소리 100

으로 마음껏 노래 불렀다. 〈꼬로끽 꼬로끽 꼭끽.〉 마음껏 원하는 대로 크게 불렀다. 독수리가 날자 소리가 0이 됐다.

〈어이 나무요정, 당신 대체 날 왜 이런 곳에 데려온 거요? 무엇을 보여주려고?〉

그는 마치 내 질문이 애초에 잘못됐다는 듯 또랑또랑한 눈망울로 나를 쳐다봤다. 스스로 답을 구하라는 듯 나무요정은 아무 말도 하지 않았다. 나는 또 수복 당하고 말았고 침묵하며 그를 따라갔다. 하늘의 공기는 비의 방향에 따라 술렁였다. 녹지에서는 실시간으로 구름이 만들어져 공중에 영혼을 보냈다. 바위에선 물이 흘러내렸다. 모든 것이 동적인 흐름을 보존하면서 변화의 인상을 경관에 불어 넣었고 전 시야에서 활력이 느껴졌다. 나무요정은 처음으로 동요하는 모습을 보이더니 화장실에 다녀오고 다시 거짓말처럼 안정을 되찾았다.

가랑비가 내리고 있었다. 산길을 지나는데 향긋한 냄새가 났다. 산행을 멈추고 어디서 이런 향기가 나는 것인지 찾아봤다.

〈이야, 이거 이렇게 생긴 풀에서 이런 향기가 나는 줄 꿈에도 몰랐네.〉

〈향긋하죠? 양념치킨 냄새 같기도 하고, 약간 모차렐라 치즈 냄새 같기도 하고. 달콤하죠? 입에도 넣어 보시죠?〉

나는 나무요정의 말마따나 지천에 깔린 풀 한 포기를 입으로 가져갔다.

〈안됩니다! 독초입니다. 먹으면 죽어요.〉

〈지가 먹으라더니….〉

〈향은 달콤한데 먹으면 죽는 게 참 희한하죠?〉

〈집에 갖다 키우려 했는데 안 되겠구만.〉

〈표상과 내용은 분리돼 있습니다.〉

〈나무요정 자네는 어떻게 독초를 알고 있는 거야. 다 먹어 본 거야?〉

〈초인(草人)이니까요. 풀과 함께 살고 있습니다. 선생님도 한 번쯤 독초를 외워서 파티에 나가 사람들에게 독초가 무엇인지 딱 알려주면 순식간에 분위기를 사로잡고 모임의 대스타로 각광받을 것입니다. 그걸 하나 챙겨 가시지요.〉

독초 한 포기를 주머니에 넣었다. 나무요정은 박스 생활이 어떻냐고 물었다.

〈비에 다 젖지. 바람이 불면 다 날아가는 거야. 당신 해봤어? 바람 불면 다 날아가는 거야.〉

〈거기에서 사는 건 어때요?〉

〈뭐…… 그냥 그래.〉

나무요정은 똘망똘망한 눈빛으로 나를 쳐다봤다. 그 정도로 만족하느냐고 묻는 것 같았다.

〈다른 방법이 있어? 뭐 내가 잘못 사는 거야?〉

〈가시죠.〉

하산을 했다. 침묵은 금이라고 했나. 나무요정의 침묵은 나의 잘못을 부각시켰다. 잘못은 따로 떼어져 생명력을 얻고 양심의 곳곳을 좀 상처 냈다. 지난 세월은 좀 아무것도 아니지 않았냐고. 광장에 내려온 나는 병토벤과 타이어, 바지와 무부까지 종교 설교를 듣기 위해 깔아준 플라스틱 의자에서 파티를 열었다. 나는 의자 위로 올라갔고 친구들은 발치에서 나를 올려다봤다. 나는 산에서 채집한 독초를 꺼내고 이것의 향기를 맡아보라고 했다. 바지가 독초를 코로 가지고 갔다.

〈입에도 좀 넣어 보지…? 스탑! 독초야.〉

〈아이고, 고맙습니다. 죽을 뻔했는데 살려주셨네요. 고맙습니다. 아이고, 허허허.〉

바지는 손뼉을 치며 웃었다. 무부가 거짓말일 것이라며 심하게 반박했다. 순식간에 분위기를 장악한 나는 향을 맡아보는 것과 그 안에 든 내용물이 달라 세계는 두 단위로 분리돼 있고, 그래서 외면의 세계로 내면의 세계를 직조하려는 시도는 성공하기 어렵다고 설명했다. 이 말에 영감을 받은 병토벤은 분리의 바이올린 연주를 하기 시작했다. 그것은 매우 자애로운 기법의 바이올린 연주로 그가 현을 켜는 모습은 부드러운데 소리는 톡톡 튀고 뾰족해서 듣기 싫은 음악이 나오는 것이었다. 타이어가 시끄럽다며 의자를 집어 던지려고 했지만, 차마 품위 있고 멋지게 연주하고 있는 병토벤에게는 던지지 못하고 뾰족한 소리가 나는 공중에 던졌다. 우리는 허공에 울려 퍼지는 뾰족한 음악을 잡기 위해 공중에 헛박수를 치고 있었다.

그때 미국의 시인이 다가와 두꺼운 손으로 병토벤의 머리를 치더니 음악을 끊었다. 〈파티의 즐거움은 거기까지. 가지 않은 길⋯⋯.〉 미국 시인은 남의 종교 행사에서 함부로 의자를 점거한 우리를 다그쳤다. 〈다 나와.〉 흰 플라스틱 탁자 주변으로 모인 우리는 미국 시인의 설교를 들었다. 코끼리처럼 생긴 미국 시인은 크헝헝 시를 읊었다. 〈열린 길의 노래⋯⋯ 나 가벼운 발걸음으로 열린 길로 가리라⋯⋯ 내가 써둔 곳을 찾아가리라⋯⋯.〉 코끼리에겐 힘찬 어조가 느껴졌다. 끼리는 시를 끝내고 〈진정한 파티〉로 가보자고 했다. 일약 대스타로 발돋움하기를 꿈꿨던 나는 즉흥으로 끼리를 따라갔다. 국빈관에 입장하기 전 끼리는 환각성 물질을 먼저 건넸다. 〈이걸 50그램씩 복용하고 들어가자.〉 끼리와 나는 그것을 나눠 마시고 국빈관에 입장했다.

국빈관 한편에는 밀실 같은 곳이 있었고, 그곳의 한 테이블에 한 무리의 외국인들이 있었는데, 끼리는 자연스럽게 버번위스키 한 잔을 들고 그들과 합류했다. 피터라는 작자는 끼리와 원래 알고 있던 사람으로 구텐탁 호스텔의 매니저라고 했다. 이들은 호스텔에서 우연히 만나 다함께 국빈관에 온 것이라고. 화분에는 흙에서 발육한 튤립 한 쌍이 만개해 탁자에 놓여 있었다. 그들은 배춧잎 같은 것을 먹고 있었는데 그게 무엇인지 정확히는 모르겠지만 서양에서 즐겨 먹는 채소 중 하나로 보였다. 무리는 영어와 한국어를 섞어서 이야기했다. 뚜렷하게 분리된 두 언어는 어느 정도 자연스럽게 어우러졌다. 나는 이들이 폴란드, 프랑스, 영국, 일본 등지에서 왔다는 것을 알았다. 끼리는 루이지아나 출신이란 것도 알게 됐다. 루이지아나라면 나도 잘 안다. 루이지아나는 치킨을 먹는 곳이다.

나는 배춧잎 위에 독초를 올렸다. 초록색 위에 초록색. 체코 모라비아 지방에서 온 피슈첵이 독초를 집어먹으려고 했다.

〈스탑!〉

〈와이?〉

〈댓츠 톡식.〉

〈응? 왜?〉

〈댓츠 톡식 베지타블…… 유 캔 다이!〉

나는 서양인에게 독초를 알려준 것이 꽤 흡족했다. 나의 영향력이 유럽권까지 미친 것이었다. 이제 유럽인들도 독초가 무엇인지 나를 통해 알 것이었다.

〈땡큐.〉

〈웰컴.〉

〈왜 턱식 베지터블이 여기 있오?〉

피슈첵은 휴대폰 조명을 켜서 독초를 관찰했다. 외국인 모두가 독초를 관찰했다. 프랑스인, 미국인, 영국인, 일본인, 폴란드인, 체코인이 내가 올려놓은 독초를 관찰했다. 조선 머슴, 미래 외계인, 나와 다른 시점의 당신도 독초를 관찰했다. 말하자면 그것은 매우 쉬운 형태를 보이고 있었다. 잎이 왼쪽으로 자라다가 중간에서 오른쪽으로 잎이 나오는 형식이었다. 또다시 잎이 오른쪽으로 자라다가 중간에서 왼쪽으로 자라고. 내가 올려놓은 독초가 외국인들의 대화 주제가 됐다. 독초는 다 이렇게 생겼는지. 이렇게 생기면 독초인지. 어떤 성분이 이것을 독초로 규명하는지. 그리고 그 성분이 사람에게 어떤 피해를 입히는지. 독생선과 독뱀까지 주제는 자유롭게 확장됐다. 일본 친구가 독 중의 독은 코모도 도마뱀이라고 했다. 스치기만 해도 서서히 말라 죽게 된다고. 아무리 거대한 포식자라도 이빨에 닿으면 영락없이 지옥행이라고. 우리는 우리가 알고 있는 가장 맹독성을 따져봤다. 형광색 독두꺼비가 가장 맹독성이지 않느냐고, 또는 파란색 문어가 가장 맹독성이지 않느냐고. 그런 자연계 물질들을 가리키고 있을 때 피터는 현대적인 네덜란드인답게 첨단의 감각을 뽐내며 〈일상과 밥〉이라는 가장 가까운 주제를 맹독성의 주범으로 뽑았다.

〈매일매일의 우리의 하루가 우리를 가장 지치게 해. 한국인 스트레스 많아. 압박감 많아. 매운 거 먹어. 배 아파. 배 안에 호르몬 불균형 돼. 잠 못 자. 잠 못 자서 또 배 아픈 거 먹어. 악순환이야.〉

〈자식 잘 알고 있구만…….〉

피터는 맹독에 관한 해독제로 불교를 꼽았다. 〈스님 짱 머셨어.〉 끼리는 시인답게 〈시와 약〉을 꼽았다. 일본 친구는 〈스키야키〉를 꼽았고, 프랑스인은 〈미술〉을 꼽았고, 나는 〈돈과 명예〉를 꼽았고, 폴란드인은 〈산악 하이킹〉을 꼽았다. 당신은 무엇을 꼽겠는가? 모두가 의연하게 자신의 해독제를 공유했다. 작지만 국제적 명성을 얻은 나는 세계 친구들에게 환각성 물질을 대접했다. 그것은 술에 취해도 취하지 않은 것 같은 기분을 내줬다. 약효는 잘 받았다. 술이 깬 것 같았다. 하지만 실질 해독은 간이 하나하나 알코올을 기계적으로 분해하기까지 속이 메스꺼워야 했다. 해독제는 그런 게 아닐까? 끼리가 버번위스키를 돌리며 꺼이꺼이 웃고 있었다.

AI 작품해설 《파란 폭력의 성찰자》

단편집 「대수정다리·오리배」는 현대 사회의 불안정성과 개인이 겪는 심리적 혼란을 다양한 관점에서 접근해서 강렬하게 형상화한 작품집이다. 여섯 편의 단편이 유기적으로 연결되면서도 각각의 독특한 문체와 주제의식을 유지하고 있다. 여섯 편의 단편('대수정다리', '청색집', '바다이야기', '오리배', '도쿄 그리스', '박스생활')은 각기 독립적 세계를 구축하면서도 전체적으로는 현대 사회의 병리와 개인의 실존적 위기를 다층적으로 탐구한다.

첫 단편 '대수정다리'는 가족사와 공간의 기억을 통해 세대 간 상처의 전이를 탐색한다. 물리적 공간으로서의 다리가 정신적 연결과 단절의 상징으로 확장되는 방식이 인상적이다. 이어지는 '청색집'과 '바다이야기'는 현대인의 우울과 폭력성을 각기 다른 방식으로 조명한다. 특히 '바다이야기'의 폭력성은 표면적으로는 충격적이나, 근본적으로는 현대 사회의 억압된 욕망이 병리적으로 분출되는 양상을 날카롭게 포착한다.

중심부에 위치한 '오리배'와 '도쿄 그리스'는 디지털 중독과 자본주의 비판이라는 시의성 있는 주제를 독창적 은유를 통해 다룬다. "젖탱이 개돼지"와 같은 선정적 이미지는 독자에게 불편함을 안겨주지만, 이는 현대 소비사회의 욕망 구조에 대한 비판적 성찰을 위한 의도적 장치로 읽힌다. 마지막 단편 '박스생활'은 디지털 고립에서 소통의 가능성을 모색하며 전체 단편집에 희미한 희망의 여지를 남긴다.

특징적인 강점:

탁월한 구성 - '대수정다리'의 가족사와 집단적 기억으로 시작해서 '박스생활'의 디지털 소외와 가능한 소통으로 마무리되는 흐름이 단편집 전체에 일관된 서사적 아크를 부여한다.

다층적 주제 탐구 - 디지털 중독('오리배', '박스생활'), 가족 폭력('대수정다리'), 자본주의 비판('도쿄 그리스'), 우울과 소외('청색집') 등 현대 사회의 핵심 문제들을 다각도로 조명.

과감한 은유와 실험적 문체 - "젖탱이 개돼지", "박스 생활자", "대수정다리" 등의 독특한 상징과 초현실적 묘사가 전통적 서사를 넘어선 새로운 문학적 경험을 제공한다.

감정적 스펙트럼 - 우울에서 분노, 체념에서 희망까지 다양한 감정 상태를 포착하며 독자에게 복합적인 정서적 경험을 선사한다.

「대수정다리·오리배」는 현대인의 실존적 위기와 디지털 문명의 양면성을 깊이 있게 탐구하면서도, 일상 속에서 발견되는 미세한 희망의 가능성을 놓치지 않는다. 특히 '대수정다리'로 시작해 '박스생활'로 끝나는 구성은 단절에서 가능한 소통으로의 여정을 암시하며 작품 전체에 유의미한 방향성을 부여한다.

다음은 단편집의 상세 작품 해설이다:

#1. 「대수정다리」

가정 폭력과 트라우마를 중심으로 한 자전적 서사로, "명금당"이라는 금은방을 중심으로 펼쳐지는 가족의 비극과 화해를 그렸다. 이 소설은 한 남자의 유년기부터 청년기까지의 성장을 대수정다리라는 공간을 중심으로 풀어낸 자전적 서사다. 주요 테마는 다음과 같다:

- 가정 폭력과 트라우마: 아버지의 폭력적인 성향과 그로 인한 가족의 고통이 작품 전반에 걸쳐 묘사된다.
- 공간의 상징성: 대수정다리와 명금당은 단순한 배경이 아닌, 주인공의 삶과 충주라는 도시의 흥망성쇠를 상징하는 공간으로 기능한다.
- 부자관계의 복잡성: 작품은 아버지에 대한 공포와 증오, 그리고 연민이 뒤섞인 복잡한 감정을 섬세하게 포착한다.

특히 마지막 장면에서 작품의 주제의식을 압축적으로 보여준다. 이는 폭력 속에서도 존재했던 사랑의 가능성과, 그것을 제대로 표현하지 못한 비극을 동시에 담고 있다.

#2. 「청색집」

현대 청년들의 고립감과 우울을 섬세하게 포착한 작품이다. 2022년 4월부터 2024년 10월까지의 기록을 통해 동주라는 인물의 정신적 상태와 삶의 변화를 세밀하게 추적하며, 현대인의 소외된 관계를 예리하게 그려낸다. 주요 특징은 다음과 같다:

- 시간의 흐름을 통한 인물 관찰: 2022년 4월부터 2024년 10월까지의 기록을 통해 동주의 정신적 상태와 삶의 변화를 세밀하게 추적한다.
- 공간의 상징성: '청색집'이라는 제목이 암시하듯, 우울의 색채인 파란색과 동주의 거주 공간이 결합되어 현대인의 고독을 상징한다.
- 세대의 초상: 취업난, 주거 문제, 정신건강 등 현대 청년들이 겪는 다양한 문제들을 현실감 있게 포착한다.

주목할 만한 점은 화자가 동주를 관찰하고 이해하려 노력하면서도, 결국 서로의 고통을 완전히 이해하지 못하는 현실을 통해 현대인의 단절된 관계를 보여준다는 것이다.

#3. 「바다이야기」

화산 폭발이라는 강렬한 자연현상을 통해 인간 내면의 폭력성을 효과적으로 표현한 작품이다. 현대인의 무기력함과 공허를 섬세하게 포착하면서도, 결말에서 화자가 바다를 배신하고 돌아서는 장면은 현대 사회에서 개인의 구원이 불가능하다는 비관적 시선을 담아낸다. 이 소설은 현대인의 공허와 폭력성을 화산 폭발이라는 강렬한 자연현상과 대비시켜 보여준다. 주요 특징은 다음과 같다:

- 상징적 구조: 소설은 화산 폭발의 장면으로 시작해 끝나며, 이는 인물들의 내면에 잠재된 폭발적 본성을 상징한다.
- 무기력한 현대인: 주인공은 삼십 중반의 회사원으로, 삶의 목적을 상실한 채 체념 속에서 살아가는 현대인의 모습을 보여준다.
- 폭력의 순환: '바다'라는 인물을 통해 현대 사회의 폭력성과 복수심을 드러내며, 이는 결말에서 화산을 향해 달려가는 극단적 선택으로 이어진다.

마지막 장면에서 화자가 바다를 배신하고 돌아서는 결말은 현대 사회에서 개인의 구원이 불가능하다는 비관적 시선을 담고 있다.

#4. 「오리배」

이 소설은 현대 사회의 디지털 중독과 그로 인한 인간성 상실을 강렬하게 그려낸 작품이다. 주요 특징은 다음과 같다:

- 자극에의 굴복: '자극에의 굴복을 선고받은 존재'라는 표현을 통해 디지털 시대의 인간이 가진 통제력 상실을 상징적으로 보여준다.

- 중독의 전이: 아버지의 중독이 아들에게로 이어지는 과정을 통해 디지털 중독의 전염성과 파괴력을 드러낸다.

- 과학적 접근: 주인공이 '제어할 수 없는 영역의 무정부적 증식'이라는 논문을 쓰려 하는 시도를 통해 문제의 본질에 접근하려 한다.

특히 주목할 만한 점은 '피들스틱'이라는 은유를 통해 디지털 기기가 인간을 조종하는 주체가 되어버린 현실을 효과적으로 표현한다는 것이다. 작품은 결말에서 이러한 중독의 전염성과 파괴력이 결국 죽음으로까지 이어질 수 있음을 암시하며 끝난다.

#5.「도쿄 그리스」

자본주의 사회에서 '선택'의 의미와 한계를 탐구하는 작품이다. "비싼 게 좋다"는 가치관을 통해 현대 사회의 물질만능주의를 신랄하게 풍자하며, 미필이라는 인물의 선택의 순간들을 통해 현대인의 실존적 고민을 드러낸다. 주요 특징은 다음과 같다:

- 자본주의적 성공관 비판: 경지로 대표되는 "비싼 게 좋다"는 가치관을 통해 현대 사회의 물질만능주의를 신랄하게 풍자한다.

- 선택의 딜레마: 주인공 미필이 끊임없이 마주하는 선택의 순간들을 통해, 선택이 주는 불안과 강박을 보여준다.

− 실존적 해답: 이장님의 캐릭터를 통해 "모든 선택에는 필연적으로 실패가 숨어있다"는 실존적 통찰을 제시한다.

특히 작품의 결말에서 미필이 마늘꼬치를 먹으며 보여주는 태도 변화는, 선택의 결과보다 그것을 대하는 인간의 태도가 더 중요하다는 작품의 주제를 효과적으로 드러낸다.

#6. 「박스생활」

'박스'라는 상징적 공간을 통해 현대인의 고립된 삶을 탁월하게 그려낸다. 헬멧족, 바지, 무부 등 다양한 인물들의 생존 방식을 통해 현대인의 고립과 생존 전략을 보여주며, 나무요정과의 만남을 통해 "표상과 내용은 분리돼 있습니다"라는 철학적 통찰을 제시하여 생존 전략이 곧 고립을 만든다는 모순을 시사한다. 주요 특징은:

− 상징적 공간: 박스는 현대인의 고립된 삶을 상징하며, 외풍에 약한 박스의 특성은 그 취약성을 드러낸다.

− 다양한 인물 군상: 헬멧족, 바지, 무부 등 각기 다른 방식으로 박스를 활용하는 인물들을 통해 현대인의 다양한 생존 방식을 보여준다.

− 자연과의 대비: 아쿠아리움과 바위산 투어 에피소드는 박스 생활의 폐쇄성과 자연의 개방성을 대조적으로 보여준다.

주목할 만한 점은 작품 말미에서 나무요정과의 만남을 통해 현대 사회의 겉과 속이 분리된 실상을 효과적으로 비판한다

는 것이다. 또한 이 소설은 박스 생활에서 벗어나기 위한 세 가지 근본적인 가능성도 제시한다:

- 기영처럼 완전한 변화를 선택하는 것: 박스 생활을 완전히 벗어나 새로운 삶(어부)을 선택.
- 병토벤처럼 예술을 통한 승화: 제한된 환경 속에서도 음악을 통해 자신만의 표현 방식을 찾는 것.
- 나무요정이 제시한 방식: 자연과의 직접적인 교감을 통해 새로운 관점을 발견하는 것.

소설은 "문명은 시간 변수 t를 고려하지 않고 안락과 편의를 제공함으로써 그 자리에 생활자 여럿을 눌러앉게 만들었다"라고 지적한다. 즉, 진정한 변화를 위해서는 단순한 경험이나 일시적 해방이 아닌, 위와 같은 방식으로 삶의 방식 자체를 근본적으로 바꾸는 것이 필요함을 함의한다.

제시된 단편집의 언어적 밀도와 텍스트의 질감 또한 높이 평가할 수 있다. 특히 다음과 같은 측면에서 문학적 가치가 돋보인다.

언어적 밀도:
- '대수정다리'에서 보이는 유년 시절의 감각적 묘사는 매우 조밀하고 깊이 있다. "대수정다리에 버스 혹은 덤프트럭이 지나면 대수정다리도 같이 울렁였다. 그것들이 '퉁퉁' 하고 다

리에 들어서 지면을 울리면 아버지와 어머니, 우리 삼형제도 피아노 건반처럼 조르륵 울리면서..."와 같은 구절은 단순한 서술을 넘어 감각적 경험을 압축적으로 전달한다.

- '오리배'와 '박스생활'에서 사용된 '젖탱이 개돼지'나 '박스'와 같은 중심 메타포는 반복과 변주를 통해 점점 더 풍부한 의미 층위를 형성한다. 이는 단순한 비유를 넘어 복합적인 상징체계로 발전한다.

텍스트의 질감:

- 작품별로 다른 문체와 어조를 사용하면서도 독특한 리듬감을 유지한다. '대수정다리'의 서정적이고 생생한 묘사부터 '도쿄 그리스'의 초현실적이고 풍자적인 문체까지, 다양한 텍스처를 보여준다.

- 특히 '바다이야기'에서 화산 폭발 장면의 묘사는 언어의 물리적 질감을 느끼게 하는 탁월한 예이다. 화가의 그림처럼 두꺼운 물감으로 그려낸 듯한 촉각적 문장들이 인상적이다.

포스트모던 문학의 맥락에서 보면, 이 단편집의 언어적 실험과 텍스트 질감은 단순히 미학적 장식이 아니라 작품의 주제(디지털 시대의 소외와 파편화)를 형식적으로 구현하는 중요한 요소이다. 이는 화가가 인물의 육체성을 통해 내면의 상태를 표현했던 것과 유사한 접근법이다.

현대 한국문학의 맥락에서 보면, 2020년대 중반 한국 문학계는 코로나19 이후의 사회변화와 AI 시대의 도래를 맞이하며 새로운 전환점을 맞이했다. 이러한 시대적 배경 속에서 이 단편집은 다음과 같은 점에서 독특한 위치를 차지한다:

- 형식적 실험성: 많은 작품들이 여전히 리얼리즘적 접근을 취하는 가운데, 이 작품집은 초현실주의적 요소와 실험적 문체를 과감하게 도입했다.
- 서사 구조: 여섯 편의 단편을 하나의 유기적 구조로 엮어내는 방식은 파편화된 현대 사회를 총체적으로 조망하려는 시도로 읽힌다.
- 디지털 전환기의 문학: AI와 디지털 기술이 일상화된 2025년의 시점에서, 인간의 실존과 소외 문제를 다루는 이 작품의 접근 방식은 더욱 시의성을 갖는다.

특히 포스트 코로나 시대와 AI 시대의 불안과 소외라는 동시대적 주제를 독창적인 형식과 결합시킨 점에서 문학사적 의의가 있다. 결론적으로, 이 단편집 「대수정다리·오리배」는 현대 사회의 복잡한 현실을 다층적으로 조명하는 주목할 만한 성취를 보여준다. 실험적 형식과 날카로운 사회비판이 결합된 이 작품집은 한국 현대문학의 새로운 가능성을 제시한다고 평가할 수 있다.

대수정다리·오리배

2025년 4월 30일 초판 1쇄 발행

지은이 | 정인교
발행처 | **名金堂**
이메일 | namegoldhall@gmail.com
출판등록 2025년 1월 23일 제2025-000005호

Copyright ⓒ 2025 by **名金堂**
값 12,000원
ISBN 979-11-991305-5-5 02810

이 책은 저작권법에 의해 한국 내에서 보호를 받는 저작물이므로 무단 전재와 복제를 금합니다.